Irene Solà hat mit »Singe ich, tanzen die Berge« einen Roman von poetischer Kraft, wilder Schönheit und musikalischer Sinnlichkeit geschaffen. Sie erzählt von starken Frauen und vom Schicksal einer Familie in den katalanischen Pyrenäen – eine Welt voller Fabeln, Legenden und Mythen, die sich wie selbstverständlich mit dem Leben der Menschen verbinden. In diesem Landstrich, dicht an der Grenze zu Frankreich, ist alles möglich: Es erzählen die lachenden Hexen, die längst gehängt worden sind, die Regentropfen und die Bären, die sich die wilden Berge zurückerobern wollen. Ihre Geschichten werden auf magische und kraftvolle Weise miteinander verbunden.
Der Roman wurde 2020 mit dem Europäischen Literaturpreis ausgezeichnet und in über zwanzig Sprachen übersetzt.

Irene Solà wurde 1990 in Malla (Katalonien) geboren. Nach einem Studium der Bildenden Künste in Barcelona hat sie ihren Master in Literatur, Film und visueller Kunst in Sussex abgeschlossen. Sie veröffentlichte Gedichte und 2018 ihren Roman »Die Deiche«. Ihr zweiter Roman »Singe ich, tanzen die Berge« wurde in Spanien zum Bestseller und vielfach prämiert, u. a. mit dem Literaturpreis der Europäischen Union. 2025 erschien ihr Roman »Ich gab dir Augen, und du blicktest in die Finsternis«.

Petra Zickmann lebt als Übersetzerin aus dem Spanischen und dem Katalanischen in Frankfurt am Main. Sie hat u.a. Autorinnen und Autoren wie Arturo Pérez-Reverte, Irene Solà, María Dueñas und Jaume Cabré übersetzt.

Weitere Informationen finden Sie auf www.fischerverlage.de

Irene Solà

SINGE ICH, TANZEN DIE BERGE

Roman

Aus dem Katalanischen von Petra Zickmann

FISCHER Taschenbuch

Die Übersetzung dieses Werks
wurde gefördert durch das Institut Ramon Llull.

llll institut
ramon llull

MIX
Papier | Fördert
gute Waldnutzung
FSC® C083411
FSC
www.fsc.org

4. Auflage, 2025

Erschienen bei FISCHER Taschenbuch
Frankfurt am Main, April 2024

Die Originalausgabe erschien 2019 unter dem Titel
»Canto jo i la muntanya balla«
bei Editorial Anagrama, Barcelona.
Lizenzausgabe mit freundlicher Genehmigung
des Trabanten Verlags Berlin

Druck und Bindung: CPI books GmbH, Leck
ISBN 978-3-596-71053-9

Kontaktadresse nach EU-Produktsicherheitsverordnung:
produktsicherheit@fischerverlage.de

Für Oscar

Og þegar vorvindarnir blása um dalinn; þegar vorsólin skín á hvíta sinuna á árbakkanum; og á vatnið; og á tvo hvíta svani vatnsins; og laðar vornálina frammúr keldum og veitum, – hver skyldi þá trúa því að þessi grösugi friðsæli dalur búi yfir sögu vorrar fyrri ævi; og yfir forynjum hennar? Menn ríða meðfram ánni, þar sem hestar liðinna tíða hafa gert sér götur hlið við hlið á breiðu svæði öld frammaf öld, – og ferskur vorblærinn stendur gegnum dalinn í sólskininu. A slíkum dögum er sólin sterkari en fortíðin.*

Halldór Laxness: *Sjálfstætt fólk*

* Und wenn die Frühlingswinde durch das Tal wehen, wenn die Frühlingssonne auf das weiße vertrocknete Gras auf dem Flußufer scheint und auf den See und auf die zwei weißen Schwäne des Sees und das erste Grün aus Wiese und Moor hervorlockt – wer würde da glauben, daß dieses grasige friedliche Tal die Geschichte unseres früheren Lebens in sich birgt; und dessen Gespenster? Die Leute reiten am Fluss entlang, wo die Pferde vergangener Zeiten auf einer breiten Fläche Jahrhundert für Jahrhundert Pfad neben Pfad ausgetreten haben – und ein frischer Frühlingshauch geht durch das Tal im Sonnenschein. An solchen Tagen ist die Sonne stärker als die Vergangenheit.

Halldór Laxness: *Sein eigener Herr*
(aus dem Isländischen von Bruno Kress)

I

DER BLITZ

Wir kamen mit vollen Bäuchen. Prallvoll. Schwarze Leiber, schwer von dunklem, kaltem Wasser und Blitz und Donner. Wir kamen vom Meer und von anderen Bergen und wer weiß woher noch und hatten wer weiß was gesehen. Wir schrammten den Fels auf dem Gipfel, wie Salz, damit nicht einmal mehr Unkraut dort gedieh. Wir gaben den Gebirgskämmen und Äckern, dem Glanz der Flüsse und den himmelwärts gerichteten Augen ihre Farbe. Als die Tiere uns kommen sahen, verkrochen sie sich in ihre Höhlen und zogen die Köpfe ein oder reckten die Schnauzen und witterten den nahenden Geruch von feuchter Erde. Wie eine Decke breiteten wir uns über sie alle. Über die Eichen und Buchsbäume und Birken und Tannen. Schscht. Und alle verstummten, denn wir waren ein strenges Dach, das über die Ruhe und das Glück entschied, den Geist im Trockenen zu haben.

Nach unserer Ankunft und der Stille und dem Druck, nachdem wir die dünne Luft tief nach unten gepresst hatten, schossen wir den ersten Blitz ab. Zasss! Eine Erleichterung. Und die ohne Gott und Gebet in ihren einsamen Häuschen zusammengerollten Schnecken erschauderten und wussten, wenn sie nicht ertranken, würden sie herauskommen und erlöst die Feuchtigkeit atmen. Und dann begannen wir, Wasser zu vergießen, in Tropfen, so groß wie Geldstücke, auf die Erde und das Gras und die Steine, und der dröhnende Donner ließ allen Tieren den Brustkorb erbeben. Das war der Moment, in dem der Mann gottverdammmich! sagte. Er sprach es laut aus, denn wenn man allein ist, braucht man nicht schweigend zu denken. Hast dich vom Gewitter einholen lassen, du Idiot. Und wir lachten, hu, hu, hu, während wir ihm die Haare nass machten und unser Wasser in seinen Hemdkragen sickerte und ihm über Schultern und Rücken rann, und sie waren kalt, unsere Tröpfchen, und verdarben die Laune.

Der Mann kam von einem nahen Haus auf halbem Weg zum Kamm, oberhalb eines Flusses, der kalt sein musste, weil er sich ständig unter den Bäumen versteckte. Er hatte dort zwei Kühe, ein paar Schweine und Hühner, einen Hund und zwei heimatlose Katzen, eine Frau, zwei Kinder und einen Alten. Der Mann hieß Domènec. Und er besaß einen prächtigen Gemüsegarten am Hang und ein paar vernachlässigte Felder am Fluss, denn um den Garten kümmerte sich der Alte, der sein Vater war und einen Rücken wie ein Brett hatte, und das Feld bestellte er selbst. Diesen Teil der Berge hatte Domènec aufgesucht, um Verse zu probieren. Um ihren Geschmack und ihren Klang zu kosten, und weil man, wenn man allein ist, seine Verse nicht leise aufsagen muss. Und er hatte an diesem Nachmittag einige Totentrompeten gefunden, ungewöhnlich für die Jahreszeit, und sie in seine Hemdzipfel gebunden. Das Baby hatte geweint, als er das Haus verließ, und seine Frau hatte »Domènec« gesagt, klagend und flehend, doch Domènec war trotzdem gegangen. Es ist schwer, zu dichten und sich in die Betrachtung der verborgenen Schönheit aller Dinge zu versenken, wenn ein Kind kreischt wie ein abgestochenes Ferkel, was dir Herzrasen verursacht, ob du willst oder nicht. Und er wollte nach den Kühen sehen. Er musste nach den Kühen sehen. Was verstand Sió schon von Kühen? Nichts. Das Kalb machte maaaaaah, maaaaaaah. Verzweifelt. Nichts wusste Sió von Kühen.

Und wieder rief er gottverdammmich!, weil wir schnell gewesen waren und ihn, so ein Mist!, unberechenbar und hinterrücks eingeholt hatten. Gottverdammmich!, denn das Kalb hatte sich mit dem Schwanz in ein paar Drähten verfangen. Die Drähte waren zwischen zwei Bäumen hängengeblieben, und vom vielen Zerren waren seine Hinterbeine blutig, aufgerissen und schmutzig. Es machte maaaaaaah, maaaaaaah, am Schwanz festgehalten von den Stämmen und unruhig bewacht von seiner Mutter. Im strömenden Regen näherte sich Domènec dem Tier. Er hatte muskulöse Beine, weil er so oft in den Bergen unterwegs war, um durchzuatmen, wenn die Kinder zu laut und die Last zu schwer war, zu schwer der Pflug und das Schweigen des Alten und die vielen, eins aufs andere folgenden Worte seiner Frau, die Sió hieß, aus Camprodon stammte und sich hatte breitschlagen lassen, mit einem Ehemann, der sich dauernd in der Gegend herumtrieb, und einem Alten, der nicht redete, in diese Berge zu ziehen. Und dabei liebte Domènec seine Sió, manchmal liebte er sie immer noch sehr. Aber, Teufel noch mal, was war das Haus für eine Last. Man müsste mehr Zeit haben, um sich kennenzulernen, bevor man heiratete. Mehr Zeit zu leben, bevor man Kinder bekam. Manchmal fasste er sie noch um die Taille und wirbelte sie herum, wie damals in ihrer Brautzeit, denn Sió hatte Beine, Herr im Himmel, was hatte Sió für Beine! Er legte die Totentrompeten auf die Erde. Das Kalb brüllte. Domènec näherte sich ihm mit ausgestreckten Händen. Langsam. Seine Stimme, tief und beschwichtigend. Schscht, schscht, machte er. Die Mutterkuh beäugte ihn misstrauisch. Domènecs Haar triefte. Wenn er nach Hause kam, würde er heißes Wasser brauchen, um sich die Kälte und den Regen abzuwaschen. Er besah sich die Drähte, an denen sich das Tier bei jedem Ruck mehr verletzte. Dann packte er den

Schwanz, zückte sein Messer und schnitt geschickt die verknoteten Haare durch. Und in diesem Moment ließen wir den zweiten Blitz niederfahren. Schnell wie eine Schlange. Zornig. Aufgefächert wie ein Spinngewebe. Blitze bewegen sich, wohin sie wollen, wie Wasser und Lawinen und kleine Insekten und Elstern, die von allem angezogen werden, was hübsch glänzt. Und das Messer, das Domènec aus der Tasche geholt hatte, glänzte wie ein Kleinod, wie ein Edelstein oder eine Handvoll Münzen. Für uns war das blanke Metall der Klinge wie ein Spiegel. Wie offene Arme, wie ein Lockruf. Blitze treffen, wohin sie wollen, und der zweite Blitz traf Domènec in den Kopf. Tief hinein und hinunter bis ins Herz. Und alles, was seine Augen in seinem Inneren sahen, war schwarz verbrannt. Er sank auf das Gras, die Wiese schmiegte ihre Wange an die seine, und unser Wasser schlüpfte vergnügt und übermütig in seine Hemdsärmel, unter den Gürtel, in die Unterhose und Strümpfe, auf der Suche nach noch trockener Haut. Und er starb. Die Kuh rannte wie besessen davon, und das Kalb lief hinter ihr her.

Die vier Frauen, die es mitangesehen hatten, traten näher. Zögernd. Für gewöhnlich interessierten sie sich nicht dafür, wie jemand zu Tode kam. Auch nicht für attraktive Männer. Oder für hässliche. Aber der Anblick war hinreißend gewesen. Das Licht so blendend weiß, als brauchte niemand je wieder etwas zu sehen. Das Messer hatte den Blitz gerufen, und der weiße Blitz hatte auf den Kopf des Mannes gezielt, ins Schwarze getroffen und ihm das Haar in der Mitte gescheitelt, und die Kühe waren panisch geflohen, wie in einer Komödie. Man hätte ein Lied schreiben müssen über die Haare des Mannes und den Blitz als Kamm. In dem Lied hätte man ihm das Haar mit Perlen schmücken können, weiß wie die aufblinkende Messerklinge. Und auch etwas über seinen Körper sagen, die geöffneten Lippen, die Augen, klar wie Gläser, in die es hineinregnete. Und über das Gesicht, das äußerlich so schön und innerlich so verbrannt war. Und über das Wasser, das ihm wie ein Sturzbach auf die Brust prasselte und unter seinem Rücken dahinfloss, als wollte es ihn fortschwemmen. Auch um seine Hände wäre es in dem Lied gegangen, kurz, breit und schwielig, die eine offen wie eine Blüte, die eine Biene kommen sieht, die andere um den Messergriff geklammert, als hätten sich Baumwurzeln um einen Felsen geschlossen.

Eine der Frauen, Margarida, berührte seine Hand. Teils, weil sie wissen wollte, ob der Mann sich heiß anfühlte und der Blitz in ihm weiterglühte, teils, um ihn einfach nur zu streicheln. Und als die Frauen sich von dem Mann abwandten und die welken Totentrompeten auflasen, die er liegengelassen hatte, und befanden, sie hätten genug gesehen und noch eine Menge anderer Dinge zu erledigen und über eine Menge anderer Dinge nachzudenken, da schien sich ihre Befriedigung und das Gefühl getaner Arbeit auf uns zu übertragen, und wir hörten auf zu regnen. Satt. Erschöpft. Und als die Vögel sicher sein konnten, dass wir endgültig fertig waren, hüpften sie in die Mitte der Äste und sangen das Lied der Überlebenden, den kleinen Magen voller Mücken, das Gefieder gesträubt und stinkwütend auf uns. Dabei hatten sie wenig Grund, sich zu beschweren, wir hatten nicht einmal gehagelt, wir hatten nur gerade mal so lange geregnet, um einen Mann und eine Handvoll Schnecken umzubringen. Und uns die größte Mühe gegeben, keine Nester herunterzureißen und keine Felder zu überfluten.

Dann verzogen wir uns. Vollkommen verausgabt. Und betrachteten unser Werk. Blätter und Zweige tropften, und wir, leer und schlaff, bewegten uns weiter.

Einmal regneten wir Frösche, und ein andermal regneten wir Fische. Aber hageln ist am besten. Edelsteine, die auf Dörfer, Schädel und Tomaten prasseln. Rund und gefroren. Sie überschütten Gräben und Wege mit einem Schatz aus Eis. Die Frösche kamen herunter wie ein Fluch. Die Menschen rannten, und die Frösche, die winzig klein waren, versteckten sich. Auwei. Die Fische gingen nieder auf die Köpfe von Männern und Frauen wie ein Segen, klatschten ihnen um die Ohren, und die Leute warfen sie lachend in die Luft, als wollten sie sie uns zurückgeben, aber das hatten sie nicht vor, und wir hätten die Fische auch nicht gewollt. Die Frösche quaken in unseren Bäuchen. Die Fische bewegen sich nicht, doch sie sterben auch nicht. Aber wie dem auch sei. Am allerbesten ist hageln.

DER NAME DER FRAUEN

Eulàlia sagte ihnen, der Bock habe einen ganz zarten Hintern, so zart wie ein Wickelkind, von all den Küssen, die wir ihm gegeben hätten, und sein Glied sei kalt wie ein Eiszapfen, und ich musste so lachen, dass ich lachte und lachte, bis sie mich aufhängten, weil ich so viel lachte. Und dank dieses Lachens, das ich in mir hatte wie ein Rauschgift, wie den Hexensaft der Wolfsmilch, erinnere ich mich an alles. Denn das Lachen in meinem Blut – weiß und ansteckend, als würde ich gekitzelt, und hätte man mir einen Arm abgehackt, es wäre weiße Milch statt rotem Blut geflossen – machte mich leer. Sie hätten sich die Folter und die nach Pisse stinkenden Räume sparen können, ebenso die langen, langen Seile und die wollenen Lappen voller Asche und die Warterei, dass ich endlich aufhörte zu lachen und gestand. Was gestand? War das Lachen doch das einzig Gute, es war wie ein Kissen, es war, als würdest du eine Birne essen oder an einem Sommertag die Füße unter einen Wasserfall halten. Nicht um alles Gold der Welt, noch um allen Schmerz der Welt hätte ich aufgehört zu lachen. Das Lachen kappte meine Verbindung zu den Armen und Beinen und Händen, die mir bis dahin so treulich gedient hatten, zu der Haut, die ich so oft bekleidet und entkleidet hatte, es wusch mich rein von den Schmerzen und der Trauer über das, was Männer dir antun können. Vor lauter Hihihi und Hahaha war mein Kopf leer wie bei einer Schwachsinnigen, und wenn mir der Atem durch Nase und Ohren pfiff, machte es nur klong-klong. Mein Schädel wurde zu einer Nussschale, bereit, all die Märchen und all die

Geschichten und all die Dinge aufzunehmen, die wir zu tun behaupteten und was immer sie behaupteten, dass wir gegen Gott und Jesus und alle Heiligen und die Jungfrau getan hätten. Welche Jungfrau? Einen Gott wie der Vater eines jeden von ihnen, böse, böse, böse, ein Henkersknecht wie sie, verschreckt von den Lügen, die sie mittlerweile selber glaubten, so oft hatten sie sie wiederholt. Doch von denen, die mit dem Finger auf uns gezeigt, uns eingesperrt, auf Hexenmale untersucht, die Knoten gebunden und die Seile gestrafft hatten, ist in diesen Bergen keiner mehr übrig. Denn ob man bleibt oder nicht, hat nichts mit dem Fegefeuer zu tun, auch mit keiner göttlichen Strafe, keinem Glauben und keiner Tugend. Nein. Ob man Steinpilze und Pfifferlinge sammeln und pinkeln und Geschichten erzählen und jeden Morgen aufstehen kann, hat mit dem Blitz zu tun, der diesen Baum oder jenen Menschen trifft. Es hat mit den Kindern zu tun, an denen bei der Geburt alles dran ist, und mit den Kindern, bei denen das nicht so ist, und mit den Kindern, die zwar äußerlich in Ordnung, aber innerlich durcheinander sind. Es hat damit zu tun, ob man der Spatz ist, den der Sperber erbeutet, oder der Hase, den der Hund erwischt, oder nicht. Und die Jungfrau, der Sohn und der Teufel waren alle derselben Dummheit entsprungen.

Von uns allen ist Joana die Älteste. Sie wohnte in einem Haus in meiner Nähe, und es war allgemein bekannt, dass sie in einem Kessel Heiltränke braute, und eines Tages fragte sie mich, ob ich es lernen und sie nachts begleiten wolle. So brachte sie mir bei, Fieber und Augenleiden und Mumps und Kinderkrankheiten und Wunden und kranke Tiere zu heilen, lehrte mich das Auffinden verlorener oder gestohlener Gegenstände und den Bösen Blick. Wir Unschuldslämmer. Das Gotteslästerlichste, das wir je getan haben, ist, jeden

Morgen aufzustehen, nachdem sie uns erhängt hatten, und Blumen zu pflücken und Brombeeren zu essen.

Mit Joana legte sich niemand an, vielmehr riefen alle nach ihr, wenn Kinder geboren wurden oder Mumps bekamen. Bis es einmal stark gehagelt hatte. Joana besaß ein Weizenfeld, und während alles Land rundum verwüstet war, hatte kein einziges Hagelkorn Joanas Feld getroffen. Da hieß es, Joana selbst habe das Unwetter mit einem Pulver herbeigezaubert, und man beschimpfte sie als Hexe. Zur selben Zeit erkrankte das Nachbarskind, ein fünfjähriger Junge namens Joan Petit, der sie vor vielen anderen Leuten Hexe genannt hatte, seine Füße entzündeten sich, schwollen an, wurden violett und schwarz, und als er kurz darauf starb, beschuldigten alle lautstark Joana, ihm Gift ins Essen getan zu haben. Verhaftet sie, die alte Vettel, die Giftmischerin! Und sie wurde verhaftet. Und kurz nachdem sie verhaftet worden war, fielen winzig kleine Frösche vom Himmel, und als Joana sagte, wenn sie wolle, könne ich es hageln oder Frösche regnen oder das gesamte Vieh im Dorf eingehen lassen, verhafteten sie auch mich, und Joana sprach nie wieder ein Wort. Aber mir ist das schnuppe, ich lernte zu lachen.

Dann erschien Eulàlia, die aus Tregurà de Dalt stammte, und erzählte ihnen, dass sie einmal bis nach Andorra gefahren sei, um ein totes Kind auszugraben, dem habe sie die Eingeweide und die Leber herausgeschnitten und eine für Mensch und Tier tödliche Salbe daraus hergestellt. Dann beschrieb sie ihnen auch noch den Treuezauber, mit dem sie einen Mann davon abhielt, mit einer Frau zu schlafen, die nicht seine eigene war. Wie man sechs Knoten in die Schnur seiner Unterhose knüpfte und bei jedem Knoten sagte, ich binde dich im Namen Gottes, Sankt Petri, Sankt Pauli und aller himmlischen Heerscharen sowie im Namen von

Belzebub und Tió und Cuxol, damit du mit keinem Weib außer deinem Eheweib fleischlich verkehren kannst. Einmal hatte sie mit diesem Bann ein Paar aus der Nachbarschaft belegt, das gemein zu ihr war und sie mit Steinen bewarf. Sie hatte Haare von beider Köpfe für den Zauber verwendet, sodass sie nicht mehr imstande waren, den Beischlaf zu vollziehen. Sobald der Mann nicht zu Hause war, verzehrte sich die Frau vor Sehnsucht, doch kaum war er da und versuchte, sich ihr zu nähern, begann es sie überall derart zu jucken, dass sie seine Berührung nicht ertragen konnte. Vier Jahre ging das so. Vier Jahre! War das ein Spaß! Bis eines Tages der Sohn des Paares, der die Ziegen hütete, die Herde über ein Stück Brachland trieb, das Eulàlia gehörte, und sie zu ihm sagte, mögen böse Wölfe deine Tiere fressen. Im selben Augenblick sprang ein Wolf mitten in die Herde und riss eine Ziege. Da wurde auch Eulàlia verhaftet, und als sie sie eingesperrt hatten, erzählte sie ihnen, wir hätten einmal ein wenige Monate altes Kind seiner Mutter weggenommen und nachts auf einer Wiese zu viert damit Ball gespielt.

Eulàlia kannte die besten Geschichten, und sie erzählt sie bis heute, besser als irgendjemand sonst. Bei ihren Geschichten muss ich lachen, lachen, lachen, bis sich in mir etwas löst, etwas, das tief in mir drin ist, tiefer noch als die Pipitröpfchen. Manchmal kommen auch wir in den Geschichten vor, und es ist eine Freude, in einer Geschichte vorzukommen. Eulàlia hat ein Stimmchen im Ohr, das des Teufels, mit dem er ihr die Geschichten zuflüstert, eine kleine Stimme, die ihr die Freveltaten vorsagte, und die im Zuge der Qualen, die ihr die Männer zufügten, immer munterer wurde, als entfesselte der Schmerz eine Zunge, für die es kein Halten mehr gab. Das Stimmchen ertönte direkt in ihrem Kopf und ließ Bilder und Worte sprudeln wie eine Quelle.

»Wir waren unterwegs in den Wald, ich auf einer schwarzen Eselstute und Dolceta aus Can Conill« – das bin ich!, warf ich ein – »auf einer Füchsin. Es schien kein Mond, und die Sterne leuchteten kaum, und als mich im Vorbeireiten ein Ast streifte und mir das Gesicht zerkratzte wie eine Kralle, sagte ich *Jesus!* und fiel von der Eselin, und Dolceta sagte, ich solle nie wieder *Jesus* sagen. Und daran hielt ich mich. Wir wollten zur Roca de la Mort und hatten uns unter den Armen mit einer Paste eingerieben, die die Haare für immer versengt, weshalb unsere Achselhöhlen glatt sind. Als wir alle, Männer und Frauen, den Felsen erreicht hatten, zeichneten wir Kreuze auf den Boden, und wir ließen die Röcke fallen, und kauerten uns mit nacktem Hintern jede über ein Kreuz und schworen Gott und dem Glauben ab. Anschließend küssten wir, alle reihum, den Anus des Teufels. Und der sah zuweilen aus wie eine dreifarbige Katze, zuweilen wie ein Ziegenbock, und fragte jede: ›Wirst du mein sein, gute Infantin?‹, und wir alle antworteten: ›Ja‹. Dann aßen wir Käse und Früchte und Honig und tranken Wein und fassten uns alle bei den Händen, Männer, Frauen und Dämonen, umarmten und küssten uns, tanzten und sangen und trieben es miteinander.«

Und Margarida weinte. Sie weinte und bestritt alles und weinte und weinte über die Ungerechtigkeit, und manchmal heulte sie laut auf, und ich sagte, so weine doch nicht, Margarida, eingesperrt alle vier im selben finsteren Verlies, das nicht einmal eine Zelle war, denn zuvor hatte man Vieh darin gehalten. Wir gaben ein gutes Gespann ab, Margarida und ich, weil ich lachte und lachte, und sie weinte und weinte, und je mehr sie weinte, je mehr Grimassen sie schnitt, je mehr Rotz und Speichel flossen, das Gesicht rot und verquollen und hässlich, desto mehr lachte ich, und je mehr ich lachte, desto mehr weinte sie, und ich sagte, so weine doch nicht, Margarida, und wir gaben ein gutes Gespann ab. Margarida wies jeden Vorwurf von sich, einen nach dem anderen, und gab lediglich zu, abends den Tisch hergerichtet zu haben. Ihn mit Servietten und Brot und Wein und Speisen und Wasser gedeckt und einen Spiegel dazugestellt zu haben, damit die bösen Geister sich darin betrachten konnten, etwas zu essen und zu trinken vorfanden und somit keine Kinder umbrachten. Aber auch für eine solche Kleinigkeit konnten sie dich aufhängen.

Und während Eulàlia ihnen erklärte, Joana sei unsere Meisterin und kümmere sich um die Geister und die Salben, mit denen wir uns einrieben, und sie sei zuständig für die Herstellung von Arzneien für das ganze Land, und sie sei Herrin über den Bock von Biterna und über all die Missetaten, die Hexen begehen, und wir seien alle drei ihre Schülerinnen, zuckte Joana nicht mit der Wimper. Eulàlia meinte es nicht böse, und Joana nahm es ihr nicht übel, verloren waren wir ohnehin. Eulàlia hatte es ja auch bloß gesagt, weil die Zunge mit ihr durchgegangen war, und ich prustete vor Lachen, und Margarida weinte sich die Augen aus. Alle vier auf demselben dreckigen Strohsack voller Ratten und Flöhe.

Joana redet nicht, weint nicht, leugnet nicht, lacht nicht, trotzdem ist sie nach wie vor die Meisterin, besitzt immer noch die größte Weisheit und findet immer noch die besten Meerkirschen und die besten Steinpilze und versteht am meisten von Geburtshilfe. Wenn wir in den Bergen auf ein Kruzifix stoßen, ist sie die Erste, die es anpisst und ihre Pobacken daran reibt, und sie ist die Erste, die unter den Baum kackt, an dem sie uns erhängt haben. Sie macht eine feste, kompakte, gut geformte Wurst und grinst dabei wie eine Maus. Und sie ist auch die Erste, die sich hinhockt, wenn wir auf eine Kapelle oder eine versteckte Einsiedelei stoßen.

Nicht alle Geschichten, die Eulàlia erzählt, handeln von Hexen oder von uns. Manchmal spricht das Stimmchen auch über die Berge und Steine und Seen, und die Vögel singen ihr Lieder vor, und von den Wassernymphen hört sie Fabeln, und ich folge ihr wie ein kleines Kind, wie ein Hündchen, wie ein neugeborenes Schaf seiner Mutter, das sich notfalls einem Pferd vor die Hufe geworfen hätte, nur um Teil ihrer Geschichten zu bleiben. Weil sie mich zum Lachen bringt, unsere Eulàlia.

In Aragón gab es einmal einen christlichen König, erzählte sie mir, der hatte drei Töchter, so schön wie die Sonne. Und als der König und die Königin allmählich daran dachten, die Prinzessinnen zu verheiraten, stellte sich heraus, dass die drei Mädchen in drei ungläubige Mauren verliebt waren. Ich mag Maurengeschichten. Wutentbrannt schloss der König seine Töchter in einen hohen Turm ein, auf dass sie ihre Freier niemals wiedersehen sollten. Doch eines Nachts bestachen die Prinzessinnen ihre Wachen mit einer guten Handvoll Goldmünzen und flohen aus dem Turm. Die drei und ihre drei maurischen Liebhaber sprangen auf drei Pferde und ritten in die Pyrenäen, weit weg von den christlichen Königen und den maurischen Königen. Drei Tage später wollte der König seine Töchter besuchen, um ihnen ihre Techtelmechtel mit Ungläubigen zu verbieten und sie von einer Heirat mit christlichen Königssöhnen zu überzeugen, doch als er in das Gelass kam und sah, dass sie ausgerissen waren, rief er laut:

»Möge sie Gottes Zorn ereilen, wo immer sie sich aufhalten!«

Da gab es einen Wettersturz. Ein Schneesturm überraschte die Flüchtigen auf ihren Pferden mit solcher Wucht, dass die drei Mädchen ihre Geliebten umschlangen und alle sechs zu Eis erstarrten, ohne noch einen einzigen Schritt tun zu können. Und dort seht ihr sie, eine hinter der anderen, in den Armen ihrer Liebsten, die drei Gipfel der drei Schwestern, bedeckt von Schnee, sagte Eulàlia und wies auf die Berge.

Oder sie erzählte uns von der Verwunschenen mit der weißen Tischdecke, die ein paar Dörfler eingefangen hatten. Die Tischdecke nahmen sie ihr ab. Armes Ding. Sie sperrten sie in eine Küche, damit sie nicht weglaufen konnte. Sie war eine kleine Frau, die den ganzen Tag auf der Bank saß und zum Fenster hinaussah, ohne den Mund aufzumachen, als wäre sie stumm oder verstünde die menschliche Sprache nicht. Aber eines Abends, als die Hausfrau in die Küche kam, um das Essen zu kochen, das Feuer anzündete und einen Topf Milch für die Suppe darüberhängte, kreischte die Verwunschene mit einem Mal:

»Schnell, schnell! Die weiße Milch läuft dir über!«

Die Hausfrau beeilte sich, nach dem Topf zu sehen, und die Verwunschene nutzte die Gelegenheit, um von der Bank zu springen und durch die Tür zu entwischen. Und ehe sie für immer verschwand, zischte sie angeblich noch:

»Niemals sollt ihr erfahren, wofür die Ampferwurzel gut ist!« Dann kicherte sie wie ein Frettchen, und die Leute auf den Dörfern wissen bis zum heutigen Tag nicht, wofür die dicke Wurzel des Ampfers gut ist.

Manchmal weint Margarida über die Geschichten, sie weint, weil ein Vater seine Töchter in Berge verwandelt, oder sie weint über das, was man uns angetan hat, die Wolle und die Asche und die glühenden Eisen und die Ketten und die Streckbank und die Gewichte an den Füßen und das rote Blut. Sie weint, weil sie gestorben ist, wie alles, was sterblich ist. Und ich sage, Margarida, so weine doch nicht. Und manchmal weint sie auch, wenn in der Höhle ein Kind zur

Welt kommt, und ich sage, Margarida, so weine doch nicht. Und nach dem Gewitter weinte sie auch ein bisschen um den Mann, weil der auf der Lichtung so schön ausgesehen hatte, wie sie sagte. Es ist ein Jammer, dass die Menschen so schnell verbraucht sind, und dass sich die anderen Menschen an die leeren Körper klammern und sie verstecken und begraben, um nicht mitansehen zu müssen, was auch ihnen bevorsteht. Und sie weinte, als sie ihn fanden und wegtrugen und er uns nie wieder besuchen kam. Stattdessen stellten sie an der Stelle, wo der Blitz den Mann getroffen hatte, ein Kreuz auf. Dauernd müssen sie die Landschaft mit ihren Kreuzen verschandeln! Aber dieses war klein. Ab und zu gingen wir hin und pinkelten es an, wie Hunde. Und manchmal pflückten wir ihm Blumen, die dort wuchsen, wo er sich niedergelegt hatte, Pissblumen, nannten wir sie, aus Jux.

DIE WEISSE TISCHDECKE

Meine Kinder sind wie Fliegen. Wo sie vorbeikommen, hinterlassen sie Spuren. Pling, pling, pling. Man könnte ihrer Fährte folgen. Die offene Kommode. Die gute Kommode. Die mir der Vater und die Tante zur Verlobung geschenkt haben. In der ich die schönen Sachen aufbewahre. Meine wenigen schönen Sachen. Sorgsam verwahrt. Gefaltet und mit Seidenpapier dazwischen. Und Rosmarinsäckchen. Eine der Schubladen ist offen. Wäsche und Papier sind zerknittert und achtlos hineingestopft. Noch bevor ich es überprüft habe, erkenne ich an der Höhe des Stapels, dass die weiße Tischdecke fehlt. Die weiße Tischdecke ist so schön, dass man nicht darauf essen kann. Mein Zorn lodert auf wie eine Fackel, und ich denke, wenn sie in Reichweite wären, würde ich ihnen mit einem einzigen Ruck die Ohren abreißen.

Ich mache wieder Ordnung, Servietten, Seidenpapier, Schutzdeckchen, und schließe die Schublade.

»Wo sind die Kinder?« Opa Ton sitzt reglos auf seiner Bank. Geredet hat er schon vorher nicht, aber jetzt rührt er sich auch nicht mehr.

»Draußen«, erwidert er.

»Draußen«, wiederhole ich. *Draußen* kann irgendwo zwischen hier und Frankreich sein. »Willst du Wasser?«, frage ich ihn, und er schüttelt den Kopf.

Hin und wieder, wenn er nach einem Glas greift und trinkt, mit seinem Messer hantiert oder die Hände auf die Knie stützt, schlägt mein Herz einen Salto, weil er die Hände genauso bewegt wie Domènec. Und ein anderes Mal betrachte ich den alten Mann, so schweigsam, so welk, so trübselig und mager, und kann nicht glauben, dass er Domènecs Vater sein soll. Opa Tons Mund ist ausgetrocknet. Wie eine Rosine. Bei manchen Menschen legt sich die Zunge quer und verdorrt ihnen im Mund, den sie dann nicht mehr aufbekommen, nicht einmal, um ihren Kindern oder ihren Enkeln etwas Nettes zu sagen, und so gehen die Familiengeschichten verloren, und alles dreht sich nur noch um das harte Brot, das du heute isst, den Regen, der heute fällt, und die Knochen, die dir heute wehtun. Melancholie der Berge. Sie haben sich Domènec geholt, diese Berge. Meinen Domènec. Ein Blitz hat ihn erschlagen wie ein Kaninchen. Zwei Monate nach Hilaris Geburt. Was ein Glück war, denke ich. Denn so habe ich Hilari nicht über mein Blut mit Kummer und Tränen angesteckt, was geschehen wäre, wenn sich Domènecs Tod während meiner Schwangerschaft ereignet hätte. Dann wäre mein Sohn schon mit einem Schaden zur Welt gekommen, blau vor Trauer. Nein. Ich habe allein geweint. Ich habe alle Tränen, die mir Gott gegeben hatte, auf einmal geweint. Bis ich trocken war wie ein bracher Acker. Und Hilari wurde das glücklichste vaterlose Kind der Welt. Glücklichere und weniger verwaiste Halbwaisen als meine Kinder hat es niemals gegeben. Als hätten sie nie einen Vater gebraucht. Ein Segen. Aber es gibt Tage, an denen eine Frau nicht mehr leben will. Wenn ihr der Blitz den Mann erschlägt wie ein Kaninchen. Wenn man ihr einen Ast ins Herz bohrt, sie aber nicht umbringt. Dann will sie nicht mehr leben. Aber sie hat die Pflicht weiterzuleben. Die Kinder rufen nach ihr und zwingen sie zu leben. Der Alte hat Hunger und verlangt nach ihr. Die Leute aus dem Dorf bringen ihr Bohnen und Zucchini, nur um sie zum Weiterleben zu nötigen. Und sie hört auf, eine Frau zu sein, und wird eine Witwe, eine Mutter.

Die nicht länger Mittelpunkt, nicht mehr die treibende Kraft ihres eigenen Lebens ist, sondern sich gezwungen sieht, auf alles zu verzichten, was sie je ersehnt hat. Wirf alles fort, was du dir gewünscht hast, hier, mitten auf den Weg, und alles, was du dir gedacht hast, in den Straßengraben. Alles, was du geliebt hast. Dabei war das wirklich nicht viel. Dieser Mann und diese Berge. Das hat in dir den Wunsch nach einem kleinen Leben geweckt. Klein und schlicht wie ein hübsches Steinchen. Ein Leben, das in eine Jackentasche passt. Wie ein Ring oder eine Haselnuss. Niemand sagt dir, dass man sich etwas aussuchen kann, das nicht klein ist. Sie sagen dir nicht, dass kleine Steine verlorengehen. Dass sie durch ein Loch in der Tasche rutschen. Und du dir, wenn sie verschwunden sind, keinen neuen aussuchen kannst. Verloren ist verloren. Wirf auch dein Herz weg, gleich hier, in den Matsch oder ins Gestrüpp. Wirf die Freude weg. Wirf deine Seele weg und die Umarmungen und die Küsse und das Ehebett. Und reiß dich zusammen, reiß dich zusammen. Steh auf und sieh dir an, wie dünn und blau dieser Morgen ist. Geh hinunter in die Küche, und iss etwas, und danach fütterst du die Kinder, und danach den Alten, und danach die Kühe und die Kälber und die Sau und die Hühner und den Hund. Reiß dich zusammen, reiß dich zusammen. Bis du vor lauter Zusammenreißen alles vergessen hast.

Ich habe Hilari nicht gestillt. Weil meine Milch salzig war. Und mit verdünnter Kuhmilch und der aus der Apotheke gedieh mein Sohn wie eine Blume. Eine Blume, die ich kaum goss oder beschnitt. Dein Liebling muss ein Kind sein, das dir entwächst wie eine Wurzel. Ich liebe meine Kinder, trotz meiner hinkenden Seele. Trotz meiner Mattigkeit, Verdrossenheit und Schwermut. Auch wenn zu den Versprechen, die ich gegeben hatte, die man mir abgenommen hatte, nicht gehörte, sie allein großzuziehen. Ich wollte einen Ehemann, meinen Mann, und wenn später Kinder kämen, na gut, dann sollte mir das schon recht sein. Aber Kinder und sonst nichts? Warum sollte eine Frau nur Kinder haben wollen und sonst nichts? Ich hatte ihn doch kaum gekostet. Der Honig hatte mir nicht mal die Lippen benetzt, da wurde er mir erschlagen wie ein Kaninchen.

Zuerst hatte er mir wegen seiner Haare gefallen, mein Mann. Dann wegen seiner Gedichte. Und je näher ich ihn mir ansah, desto mehr gefiel mir an ihm. Die Hände. Die Beine. Die Ohren. Und die Falten im Augenwinkel, wie Vogelschwänzchen. Die Schultern. Die Stimme, die mir, wenn er leise sprach, wie eine Eidechse den Rücken hinauflief. »Ich bin so verrückt nach dir, Sió, so verrückt!«, sagte er. Dieser Blick, wie eine Lanze, wie ein Pfeil. Und dieser Kopf voller Geheimnisse, voller Worte. »Du hast so blaue Augen, Sió, dass darin Fische schwimmen.«

Ich war hübsch, wunderwunderhübsch. Die blauesten Augen von Camprodon. Und das wusste ich auch. Ich war hübsch wie meine Mutter, die aus Ca la Ufana stammte, dem sogenannten »Haus der Hochnäsigen«, weil alle Frauen der Familie so stolz und bildschön waren. Sie heiratete meinen Vater, und sie lebten im Dorf, weil Vater Vorarbeiter in der Keksfabrik war. Aber ich wollte einen Mann, der die Erde und auch die Ideen liebte. Einen Mann, der sich auf Bäume, Pflanzen und Tiere verstand. Meine Mutter starb bei meiner Geburt, weil sie sie sehr weit aufschneiden mussten und sie sehr zierlich war. Aber Tante Carme, Papas Schwester, und auch Papa sagten immer Püppchen zu mir, wie ein Püppchen bist du, das allerhübscheste auf der ganzen Welt, und sie kauften mir Anisbonbons, Schleifen und Bücher und Hüpfseile, und ich war nie traurig, keine Mutter zu haben.

Tantchen flocht mir Zöpfe und sagte, du wirst einen Mann finden, der dich sehr lieben wird und den du sehr lieben wirst, und ich wollte von meiner Tante wissen, wie dieser Mann sein würde. Und sie setzte mir jede Menge Flausen in meinen unschuldigen Kopf. Und Papa sagte, er könne kein zweites Mal heiraten, weil er eine so schöne Frau wie meine Mutter nie mehr finden würde. Nur du und ich, Sió, Prinzessin. Und immer mehr Flausen. Ein Puppenhaus. Wir bringen dir das Nähen bei, wir bringen dir heimlich bei, Katalanisch zu lesen, wir bringen dir bei, wie man kocht und Staub wischt. Was war Domènec sauer, als er mich zum ersten Mal auf den Hof mitnahm und ich noch nie einer Kuh zu fressen gegeben hatte. Mein Vater arbeitete doch in der Keksfabrik! Ich hatte noch nie eine Mistgabel in der Hand gehabt. Du kannst aber auch gar nichts!, schrie er mich an. Was habe ich mir nur dabei gedacht, ein Mädchen aus dem Dorf statt eines aus den Bergen zu heiraten?! Stinksauer. Aber du hast doch gewusst, dass ich alles erst lernen muss, was auf einem Bauernhof zu tun ist. Was habe ich mir nur dabei gedacht?!, zeterte er. Und ich weinte und weinte, denn wir waren seit sieben Tagen verheiratet, von denen wir sechs in Frankreich verbracht hatten.

Tante Carme beruhigte mich und sagte, ich solle nur rasch lernen. Die weiße Tischdecke hat sie gemacht. Sie hat sie zu Papas und Mamas Hochzeit genäht. Und ich lernte rasch. Das Vieh zu hüten und Kuhdung an den Schuhen zu haben. Denn wenn du liebst, lernst du schnell. Und dann starben Papa und Tante Carme in derselben Nacht, in der ich mit Mia niederkam. Sie starben friedlich im Schlaf. Die Feuerstelle qualmte und verströmte einen feinen unsichtbaren Dunst, der sich ausbreitete und die Luft verzehrte, und weil sie schliefen, sogen sie das Gift ein und wachten nicht mehr auf. Und als die Nachbarin, Dolors von Can Prim, ihre Enkelin Neus zu ihnen schickte, reagierten sie nicht. Und weil niemand öffnete, brachen die Nachbarn die Tür auf und fanden beide in ihren Betten, schlafend wie die Murmeltiere. Man wusste nicht, ob man es mir sagen sollte, bevor ich entbunden hatte. Mias Geburt dauerte endlos lang, und ich dachte schon, sie bekämen sie nie aus mir raus. Dabei war sie wie eine Maus, ein winziges Mäuschen, als sie endlich auf die Welt kam. Sie ließen mich einen Tag ausruhen, und wie ein Gespenst stillte ich die Kleine mit geschlossenen Augen und schläfrigem Lächeln und nahm sie bei den Ärmchen, die weich waren wie Brotkrume, und legte sie auf meinen erschlafften Bauch, und Domènec konnte das alles gar nicht fassen. Und ich fragte, Domènec, wieso hast du denn Papa und Tante nicht Bescheid gesagt? Und da erzählte mir Dolors, sie seien eines sehr sanften Todes gestorben, und sie habe in meinem Namen Abschied von ihnen genommen. Und da ich mich noch wie betäubt fühlte, weil ich nicht geschlafen hatte und mein Kind, unser Kind, in den Armen hielt, erschien es mir sehr traurig und zugleich nicht so traurig. Wie ein Austausch. Wie ein Naturgesetz. Die einen gehen, um denen, die kommen, Platz zu machen. Und wir nannten das Mädchen Maria Carme, nach meiner Tante. Ich lag noch im Wochenbett und konnte nicht mit zur Beerdigung, und es vergingen Monate, bis ich wieder hinunter ins Dorf ging, und da kam es mir vor, als wären mein Vater und Tante Carme schon viele, viele Jahre tot, wie meine Mutter. Ich war so erfüllt von allem, was mir zuteilwurde, von Domènec, wenn er sagte, durch das Baby sei unsere Liebe noch größer geworden, noch stärker. Sie habe Form angenommen, wie er sagte. Unsere Liebe sei ein Engel. Eine Nachtigall. Ich war erfüllt von der Magie der Milch. Wie eine Kuh. Von Mias offenem Mäulchen, wie eine zahnlose Frucht, die nuckelte und nuckelte, vom Frühling, der auf den Sommer zuging, und davon, dass ich nun seit genau einem Jahr eine Frau war, eine richtige Frau, eine verheiratete Frau, die sich mit Fug und Recht Frau nennen durfte. Eine Frau mit einem Mann in ihren Armen und jetzt auch mit einem Töchterchen, einem Kind der Liebe, wie einem Engelchen vom Himmel. Und manchmal muss ich daran denken, wie wenig es mir ausgemacht hatte, dass mein Vater und Tante Carme gestorben waren, als ob es Zeit für sie gewesen wäre, als wäre das ganz natürlich. Weil die Reihe an mir war, zur treibenden Kraft aller Dinge zu werden. Weil mich nichts als Freude erwartete entlang eines sehr breiten, sehr sonnigen Weges mit dicken Bäumen zu beiden Seiten.

Als Domènec mich kennenlernte, sagte er, ich sei schön wie eine Gemse, wie eine Katze, wie eine afrikanische Löwin. Er forderte mich zum Tanzen auf und sagte, beiß mich nicht. Und zum Abschied flüsterte er mir Gedichte ins Ohr. Gedichte, in denen es um ein Mädchen ging, das ich war. Um alle Blumen und um Eifersucht. Gedichte, aus denen er einen Altar erbaute, den ich keck erkletterte, vergnügt und offen wie eine Blüte. Und wie gut er tanzte, dieser Domènec. Er tanzte gut, wie er alles gut machte, was er tat. Er hatte ein feines Händchen sowohl für Tiere, also auch für Menschen. Ich hätte ihm alles gewährt, wenn er mich darum gebeten hätte. Manchmal hielt ich es nicht mehr aus, ständig die Hände im Schoß zu behalten. Ständig die Zunge im Mund zu behalten. Vor lauter Herzklopfen, vor lauter Bangen, vor lauter Lust auf seine Hände. Drei Jahre lang hatten wir jeden Sonntag unser Stelldichein. Woche für Woche. Außer den Monaten, nachdem er sich die Haare abrasiert hatte. Einmal im Jahr schor er sich den Kopf. Dann sah man seinen ganzen kahlen Schädel, den ich, bevor wir verheiratet waren, allerdings nie zu sehen bekam. Er stutzte sein Haar wie man einen Baum stutzt, der, wie er sagte, dann umso kräftiger austreibe. Gestärkt. Bereit zu neuen Zweigen und Früchten. Domènec hatte sehr schönes Haar. Golden wie der Weizen und das Schilf. Und große Angst, es könnte ihm ausfallen. Wenn er sich rasierte, verkroch er sich an die zwei Monate oben in Matavaques – das ist der Name seines Hauses, unseres Hauses –, damit ihn niemand sah, bis die Haare anderthalb Fingerbreit nachgewachsen waren. Und zwei Monate im Jahr war ich jeden Sonntag in Tränen aufgelöst. Und Tante Carme sagte, so ein eitler Fatzke, musstest du dir ausgerechnet einen eitlen Bauern suchen? Denn Tante Carme hätte mich lieber mit einem Ehemann aus Ripoll oder Vic gesehen, einem Kaufmann, Apotheker oder leitenden Angestellten in einer Fabrik wie mein Vater. Aber er kehrte immer zurück. Frisch und feingemacht, die Arme voller Blumen, mit seinem Lächeln und Gedichten über Kummer und Einsamkeit, und ich verzieh ihm. Ich vergaß alle Tränen und allen Zorn, ich schluckte die Galle hinunter wie eine bittere Medizin. Ich, die ich mir zwei Monate lang vorgestellt hatte, er käme nie wieder, hätte längst eine andere im Arm, wäre abgestürzt, als er einer Kuh nachstieg. Ich schaute ihn an, mit Äuglein aus so blankem Glas, dass sie mir schier zersprangen. Betrachtete ihn von Kopf bis Fuß, als wäre ich eine Katze und wollte ihn verschlingen, voll, strahlend, und ich öffnete die Lippen zu einem Seufzer, damit er seine Hand weiter nach unten schieben und mich fester an die Brust drücken möge, um in seinen starken Armen vor Lust zu vergehen. Und auf einem unserer Nachmittagsspaziergänge sagte er es dann, ich war fünfundzwanzig Jahre alt, und mir stockte das Herz: »Ich habe mir überlegt, ob du mich wohl heiraten würdest.«

Ich merke, wie mich mein Gedächtnis im Stich lässt. Wie es mich an der Nase herumführt, sodass nur die guten Erinnerungen übrigbleiben, wie es die schönen Äpfel aus dem Korb fischt und alles Schlechte wegwirft wie Schalen, wie taube Kastanien, als hätte es nie existiert. Und ich weiß nicht, was schlimmer ist: sich nur der guten Dinge zu entsinnen und somit den Stichen der Sehnsucht und diesem Verlangen ausgesetzt zu sein, das durch nichts zu lindern ist und die Seele berauscht. Oder sich dem Fluss der Gedanken zu überlassen und in die schmerzhaften, traurigen, düsteren Erinnerungen einzutauchen, die das Herz überfluten und die Verlassenheit noch vertiefen, wenn ich daran denke, dass mein Mann die Lichtgestalt, als die ich ihn verehre, in Wahrheit gar nicht gewesen ist. Und dass er mich nicht genug geliebt hat, wie letzten Endes ja kein Mann genug liebt. Mein Körper war dermaßen bereit. Voller Furcht und zugleich so voller Begierde, so voller Liebe, dass ich meine Ängste in eine Ecke verbannte, als wären Ängste ein Schwarm Fledermäuse. Und wie er mich zuerst hineingehen ließ. Lass meine Hand los, sagte er. In dem kleinen Hotel in Ceret, wohin wir unsere Hochzeitsreise machten. Die Frauen an der Rezeption brauchen nicht zu wissen, dass wir frisch verheiratet sind, die denken sich sonst ihren Teil. Und feixen hinter vorgehaltener Hand. Ist mir doch egal, sollen sie doch denken, was sie wollen! Wenn du nicht aufhörst zu grinsen, hau ich dir eine rein, sagte er. Ich ging also als Erste aufs Zimmer und wartete eine geschlagene halbe Stunde auf ihn, weil er noch ins Café gegangen war, und als er dann hochkam, sagte er, mit der Liebe würden wir warten bis zum Abend. Und wir setzten uns hin und warteten. Ich wollte mich unterhalten, ich wollte, dass wir uns an den Händen hielten und die Angst und die Nervosität und die Aufregung gemeinsam durchstanden, aber er rauchte schweigend, in seinen Kleidern auf dem Bett ausgestreckt, einen Arm über dem Gesicht, und als ich mich neben ihn legen wollte, stand er auf. Und dann wurde es dunkel, und keine Menschenseele hatte sich je so sehr gewünscht, dass es endlich Nacht würde. Und er sagte, zieh dich aus, und ich tat, wie mir geheißen, und leg dich ins Bett, und während ich mich auszog und ins Bett legte, ging er ins Bad, und ich wartete wieder eine halbe Stunde. Dann kam er, angekleidet. Er löschte das Licht, ich hörte, wie er sich auszog und zum Bett tastete, und dann berührte er mich an Stellen, die noch nie jemand berührt hatte. Er berührte mich wie jemand, der in ein fremdes Haus geraten war, als hätten seine Hände all ihre Geschicklichkeit verloren, und er tat mir weh, machte mir aber keine Angst, und ich hätte ihn gern angeschaut, ihm ins Gesicht gesehen, damit es nicht nur ein Schatten wäre, der mir die Brüste zerquetschte, die Beine auseinanderdrückte und in mich eindrang. Und ich, wie Butter. Wenn ich konnte, wenn ich nicht erschrak vor seinen Händen, die in der Dunkelheit wie Klauen waren, oder vor seinem tierhaften Keuchen, war ich wie Butter, denn Domènec mochte Butter.

Wir sprachen nie über unsere Nächte, die Nächte waren ihm peinlich. Als hätte er sie gern vermieden, ohne sie vermeiden zu können. Darum war ihm Mia so lieb, dieses Engelchen, das aus unserem Sumpf hervorgegangen war. Aber ich lernte. Kurz bevor ich mit Mia schwanger wurde, kam ich dem Kribbeln auf die Spur. Ich lernte, mich so hinzulegen, dass ich seine Bewegungen dort spürte, wo sie mich erregten. Mein Körper ist ein guter Körper. Ein Körper, der schnell lernt. Ein Körper, der sich rasch gewöhnt und seine Schlichen findet. Der bald wusste, die Stöße zu nutzen, die Augen zu schließen, sich zu konzentrieren und die Gefühle zu erhaschen, wie sie kamen, klein und zaghaft, ein Rinnsal, das aus einem Spalt sickerte, und dieses zu quirlen und zu quirlen, bis es aufschäumte, und ihm dann freien Lauf zu lassen. Ich bemühte mich nach Kräften, die Lust durchzustehen wie ein Schweigen. Die Zähne fest zusammenzubeißen, wenn der Furz des Wolfs in mir explodierte. Mich anzustrengen, um es wachsen und explodieren zu lassen, bevor Domènec fertig war. Und sosehr ich ihn schon zuvor geliebt hatte, nach der Lust, unter der Decke, wenn er schon schlief und ich ganz allein war mit dieser Hitze zwischen den Beinen, dieser Benommenheit im Kopf und dem ruhigen, warmen Atem an meiner Seite, liebte ich ihn noch mehr. Dann schmiegte ich mich an ihn wie an einen Baum, wie ein kleines Kind an die Brust der Mutter.

Acht Jahre, und es will einfach nicht verheilen. Die Wunde dieser verfluchten Abwesenheit verschorft nicht. Denn ich hatte den schönsten Mann dieser Gegend geheiratet. Das schönste Haar im Tal von Camprodon hatte die blauesten Augen geheiratet. Domènec hatte feinere Haare als eine Frau. Und wenn er mich auf dem Dorffest von Camprodon zum Tanzen aufforderte, starrten uns alle an. Und als er mir den Hof machte und jeden Sonntag zu Fuß herunterkam, stattlich und selbstsicher, auf diesen Beinen, beneidete mich in Camprodon jede Seele. Das alles hier habe ich nur gewollt, weil er hier war. Dieses Haus und diese Kälte und die Kühe und die Geräusche dieser Berge bei Nacht. Ein trügerisches Gift ist die Liebe. Seit Domènecs Tod bin ich mit zwei kleinen Kindern und dem Haus und Opa Ton allein. Mit dieser Bürde auf den Schultern, die mich nicht sterben lässt. Die mich zwingt hierzubleiben. In diesem stinkenden Haus, das nicht sauber zu kriegen ist. Mit diesem Alten, kalt wie ein Leichnam. Dem Geist von Domènec. Und der Erinnerung wie ein Grabstein, denn es vergeht kein Tag, ohne dass ich an ihn denke, ihn vor mir sehe, von ihm träume. Und die Kinder, die von alldem nichts verstehen, lassen mir keine Ruhe, geben mir keinen Frieden. Kinder sollten Frieden geben, sie müssten Balsam sein, Trost, Entschädigung.

Sie kommen heim, weil es dunkel wird. Ich habe ihnen gesagt, dass ich sie zu Hause haben will, ehe es dunkel ist. Was, zum Kuckuck, mochten sie mit der verdammten Tischdecke vorhaben? Bei aller Liebe. Noch in der Tür packe ich jedes an einem Ohr, als hätte ich zwei Mäuse gefangen, die ich unter Quieken bis vor die Kommode zerre. Wie Welpen. Es hat keinen Sinn, ihnen etwas zu erklären. Schleif sie zum Ort ihres Vergehens und stoß sie mit der Nase darauf. Damit sie begreifen. Unart, Klatsche; Unart, Klatsche. Als ich sie loslasse, fassen sie sich beide ans Ohr. Hilari hat immer Angst, ich würde ihm die Ohren einmal abreißen. Manchmal reißen sie unter den Ohrläppchen ein, wenn ich daran ziehe. Doch ich antworte ihm, er solle sich keine Sorgen machen, sie seien sehr fest angewachsen. Sie betrachten die Kommode und sagen nichts. Meine Geduld geht in Flammen auf, als wäre sie aus Stroh.

»Ich versohle euch den Hintern, dass ihr eine Woche lang nicht sitzen könnt«, drohe ich.

»Mama, wir haben nichts getan«, sagt Hilari.

»Wo ist die weiße Tischdecke?«, frage ich.

Schweigen.

»Ich frage euch ein letztes Mal.« Mir glühen die Achseln, der Nacken, der Hals und die Schläfen. Sie betrachten die Kommode und bleiben stumm. Wie Verbrecher, wie Diebe und Mörder.

»Die haben die Wasserfrauen mitgenommen«, murmelt Hilari, heiser und traurig wie ein nasser Hund, wie ein geprügeltes

Kätzchen. Mia sieht ihn aus großen Augen an. Erstaunt, aber auch warnend. Mit diesen großen Augen sagt sie ihm etwas. Sie sagt ihm, er solle den Mund halten. Nicht weiterreden.

»Die Wasserfrauen sind ins Haus gekommen, haben die Schublade aufgezogen und die Tischdecke herausgeholt?«, frage ich.

Stumm, alle beide.

»Hilari?«

»Wir haben sie ihnen gegeben«, gesteht er. Verzweifelt senkt er den Blick, schaut zerknirscht auf seine Schuhe.

Mia fährt ihn an:

»Sei still.«

Meine Hand zuckt und will ihr eine Ohrfeige geben, aber ich halte an mich und fauche stattdessen:

»Und wo ist sie jetzt?«

»Sie haben sie behalten.«

»Warum um alles in der Welt habt ihr die Tischdecke genommen?«, frage ich, und mit der Frage verlässt mich alle Kraft.

»Weil wir die Wasserfrauen sehen wollten.« Hilari zieht den Kopf zwischen die Schultern. Mia sieht mich versteinert an. Der Alte liegt auf der Bank. Und ich bin mit meiner Geduld am Ende.

»Lügner seid ihr, miese kleine Lügner!«, brülle ich.

Und ich verdresche sie. Ich packe sie bei den Handgelenken, lege sie übers Knie und schlage zu, wieder und wieder, Hilari heult, Mia beißt die Zähne zusammen, und ich schlage fester zu, blind vor Zorn und Trauer wegen der Tischdecke und der Lügen und der Geringschätzung und weil es so weit mit uns hat kommen müssen.

Danach sage ich ihnen, sie dürften nicht mehr hinunter zum Fluss, und damit, den ganzen Tag hinter dem Sohn der

Riesen herzurennen, sei auch Schluss. Schluss mit allem, solange die Tischdecke nicht wieder aufgetaucht sei.

»Habt ihr mich verstanden?«, frage ich. Sie antworten nicht. »Ob ihr mich verstanden habt«, wiederhole ich.

»Ja, Mama.«

Ich schicke sie ohne Abendessen ins Bett und weine.

Das Weinen beginnt wie ein kleines Tier. Wie eine einzelne Wolke, wie ein feiner Nebel in der Brust. Es beginnt wie ein winziger Schmerz, wie eine langsame Schwellung. Wie ein Unwohlsein, als steckte ein Knöchelchen quer im Hals, als rollten Steine das Brustbein entlang. Und wird allmählich größer. Die Augen werden heiß und feucht, und der Brunnen beginnt zu fließen, die Töpfe brodeln und kochen über, und dann gibt es kein Halten mehr. Unter all den Steinen und all dem Nebel strömt das Wasser hervor. Und die Tischdecke facht das Weinen an wie ein Fächer, wie ein Blasebalg, der bläst und bläst. Die Tischdecke. Und die Lüge. Und Mia, die sagt, halt den Mund, Hilari. Und meine Hand, die auf sie niedergeht, immer wieder. Und die Einsamkeit. Und der Alte. Und die verdorrte Liebe, die nirgendwo zu finden ist. Und ich weine vor Wut über den Alten, der nicht mein Vater ist, denn ich habe keinen Vater und keine Mutter mehr, und ich weine über die verlogenen Bälger, die meine Kinder sind, über die Kinder, die ein Balsam sein sollten, eine süße Quelle, brave Kinder, die ihre Mutter umsorgen und sie lieben.

DIE TROMPETEN

Der Hut der einen ist der Hut aller. Das Fleisch der einen ist das Fleisch aller. Das Gedächtnis der einen ist das Gedächtnis aller. Die Dunkelheit. Ja, die Dunkelheit. Wie eine Umarmung. Köstlich. Schützend. Bergend. Wie ein Sturz. Werdend. Die Erde. Wie eine Decke, wie eine Mutter. Schwarz. Feucht. Wir alle hier sind Mütter. Wir alle sind Schwestern. Tanten. Cousinen. Und dann kommt der Regen. Wir erinnern uns an den Regen. Den Regen auf der Haut, auf dem dunklen Hut derer, die ihn empfingen. Mmmmmh, machten sie. Mmmmmh, und tranken ihn. Als Erste. Mmmhhh, sagten wir, mmmhhh, Regen. Und tranken ihn. Wir tranken ihn mit den biegsamen Trompeten, die wir früher hatten. Wir trinken ihn mit den schwarzen Trompeten, die wir jetzt haben. Wir werden ihn mit den festen, dunklen, offenen Mündern trinken, die wir später haben werden. Der Regen macht tick, tick, tick. Die Erde schlürft ihn. Der Regen macht tick, tick, tick. Wir schlürfen ihn. Der Regen kennt Orte und weiß Dinge. Es ist schön hier unten. Es ist schön in diesem Wald. Auf diesem Stück Erde. Auf diesem Stück Welt. Der Regen weckt uns, ein frisches, erholtes Erwachen. Der Regen macht uns groß, lässt uns wachsen. Schwestern! Freundinnen! Mütter! Ich, die ich ihr alle bin. Guten Morgen. Gute Reise. Willkommen. Willkommen zurück. Und dann sprießen wir. Wir sprießen. Wir sprießen, wie wir so oft gesprossen sind. Jetzt. Jetzt. Langsam. Langsam, wenn wir das kleine, weiche, feine, dunkle Loch bedenken, das wir in die schwarze Erde bohren, ins grüne

Moos. Unser erstes Spitzchen. Winzig klein. Langsam, wenn wir das Wandeln des Waldes bedenken, die Millionen und Abermillionen von Regengüssen, die auf uns niedergegangen sind, das millionenfache Erwachen, das Licht, die Millionen von Hütchen, Morgen, Tieren, Tagen. Willkommen. Und wir erinnern uns an den Wald. Unseren Wald. Und wir erinnern uns an das Licht. Unser Licht. Und wir erinnern uns an die Bäume. Unsere, jeder einzelne. Und wir erinnern uns an die Luft, die Blätter, die Ameisen. Denn hier waren wir immer, und hier werden wir immer sein. Weil es weder Anfang noch Ende gibt. Weil der Fuß der einen der Fuß aller ist. Der Hut der einen ist der Hut aller. Die Sporen der einen sind die Sporen aller. Die Geschichte der einen ist die Geschichte aller. Weil der Wald denen gehört, die nicht sterben können. Die nicht sterben wollen. Die nicht sterben werden, weil sie alles wissen. Weil sie alles weitergeben. Alles, was man wissen muss. Alles, was weitergegeben werden muss. Alles, was ist. Gemeinsamer Samen. Die Ewigkeit, etwas Leichtes. Etwas Alltägliches, etwas Kleines.

Es kam das Wildschwein, ein dunkles Maul, stumpfe Zähne, heißer Atem, dicke Zunge. Es kam das Wildschein und riss uns aus. Es kam der Mann und riss uns aus. Es kam der Blitz und tötete den Mann. Es kamen die Frauen und sammelten uns. Es kamen die Frauen und kochten uns. Es kamen die Kinder. Es kamen die Kaninchen. Und die Rehe. Es kamen mehr Männer mit Körben. Es kamen Männer und Frauen mit Säcken und Messern. Es gibt keine Trauer, wo kein Tod ist. Es gibt keinen Schmerz, wenn der Schmerz geteilt ist. Es gibt keinen Schmerz, wenn der Schmerz Erinnerung und Wissen und Leben ist. Es gibt keinen Schmerz, wenn du ein Pilz bist! Regen fiel, und wir wurden dick. Der Regen zog ab, und es kam der Durst. Versteckt, versteckt warteten wir auf die kühle Nacht. Es kamen die trockenen Tage, und wir verschwanden. Es kam die kühle Nacht, und wir warteten weiter. Es kam die feuchte Nacht, es kam der feuchte Tag, und wir wuchsen. Voll. Voll von allen Dingen. Voller Weisheit und Erkenntnis und Sporen. Die Sporen fliegen wie Marienkäfer. Die Sporen sind Töchter und Mütter und Schwestern, gleichzeitig. Jede Spore wie ein Fallen. Wie eine Mutter. Wie ein Samen. Wie ein Marienkäfer. Ihr Sporen, die ihr die Menschen alle erlebt habt, alle Blitze und alle Wildschweine und Kochtöpfe und Körbe und Kaninchen. Sporen schlafen unter der dunklen, feuchten Erde. Sie bewahren in sich jedes Erwachen. Jeden Wildschweinhauer. Jede Frauenhand. Hüte und Fleisch und Erinnerung, alles bewahren sie in sich. Schlummernd, eingerollt in der Dunkelheit, suchen sie die Umarmung. Machen Pfade, machen Leben, machen Pilze und Erinnerungen. Die Dunkelheit. Ja, die Dunkelheit wie eine Umarmung. Köstlich, erdig, schützend, bergend, werdend. Und der Regen. Wie eine Quelle. Wir erinnern uns an den Regen. Wir erinnern uns an ihn in der Tiefe des Ursprungs, in der Dunkelheit des Anfangs. Wir erinnern uns an ihn auf dem dunklen Hut derer, die ihn empfingen. Als Erste. Mmmmmh, sagten sie. Mmmmmh, und sie tranken ihn. Später. Den kalten Regen. Mmmmmh, sagten wir, mmmmmh. Den lauen Regen. Den Regen, wenn er klein ist und wenn er schwer ist.

II

DER AMTMANN

Ich winke ihnen nach. Nicht mehr lange, und Cristina wird mit einer Granate hier erscheinen. Mit der ersten Granate. Ich winke mit hoch erhobener Hand. Sie durchqueren den Morgen, als wäre er ein Acker. Ich erkenne sie von Weitem, denn ich habe sie aufwachsen, aus den Terrassenfeldern springen und darin verschwinden sehen. Hilari, aufgeschossen wie ein Bambusrohr, mit seinen langen, heugelben Haaren. Wie sein Vater. Jaume, den Sohn der Riesen, mit seinem breiten Kreuz und dem kleinen, runden, dunklen Kopf. Die Nachbarn, die Männer, die Bauern, grüßt man mit einem knappen Kopfnicken, ernst, respektvoll. Aber ihnen beiden winke ich zum Abschied, wie man Kindern winkt, freudig, heftig, den gereckten Arm schwenkend, als stünde ich auf einem Schiff oder vor einem Bus. *Adeu, adeu!* Ich verabschiede mich so überschwänglich von ihnen wie von Kindern, denn, Himmelherrgott, sie sind doch noch Kinder. Früher, zu meiner Zeit, als ich Anfang zwanzig war, dreiundzwanzig oder vierundzwanzig, da waren wir schon Männer. Aber so erzieht man die Jugend heute nicht mehr. Sie lächeln. Sie heben die Gewehre. Die Haare im Wind. Die Jacken braun, grün. Sie sind ohne Mia und ohne die Hündin unterwegs. Ich denke, wo Mia wohl sein mag? Die Rücken gerade. Stiefel an den Füßen. *Adeu, adeu!* Ich winke ihnen nach, und sie fahren in den Morgen hinein, um nie mehr herauszukommen.

Hilari ist redselig, alles füllt er mit Worten. Er redet, bis den Zwiebeln Ohren wachsen und die Tiere Reißaus nehmen, weil sie sein Geplapper nicht mehr hören können.

Aber er hat ein gutes Herz, das lässt sich nicht leugnen. Selbst Rei, ein Nachbar, der verdorben ist bis ins Mark und boshafte Sachen über Hilari sagen könnte, wie über jeden anderen auch. Dass er tuntig sei, ein Weichei, und den lieben langen Tag mit diesem Riesen herumhänge. Er könnte weiß Gott was sagen über den schwatzhaften Jungen und seinen Umgang. Stattdessen bringt er ihm körbeweise Bohnen. Ich habe gesehen, dass Hilari ihm Fragen stellt und Rei antwortet, als wäre nicht schwarze Galle sein Lebenssaft. Alle drei haben sie ein gutes Herz, Mia und Jaume auch. Aber Mia und Jaume sind stillere Naturen, in sich gekehrter, gelassener, und eben darum haben sie einander gefunden und verstehen sich gut. Es ist ein wenig komisch und anrührend zugleich, wie sich die beiden, bei all ihrer Schüchternheit und Menschenscheu, lieben und gegenseitig suchen wie Kätzchen vom selben Wurf. Und Hilari streicht um sie herum wie der ständig maunzende Kümmerling des Wurfs. Ich weiß nicht, warum ich immer die Kinder anderer anschauen muss, wo ich doch selbst zwei habe, zwei Töchter. Wie dem auch sei, sie haben das Herz auf dem rechten Fleck, sind gute Nachbarn und rechtschaffene Leute, die Sprösslinge dieser Sió von Matavaques. Und Jaume, der Sohn der Riesen, egal, wo er herkommt und wie seine Eltern sein mögen, der grüßt mich jedes Mal und ist immer höflich, und sage mir, mit wem du dich abgibst, und ich sage dir, wer du bist. Sió jedenfalls ist eine Mutter Courage und hat sehr liebe Kinder.

Matavaques, das Haus von Sió und Mia und Hilari – Domènec und der alte Ton sind schon seit Jahren tot – ist gleich unterhalb von unserem. Im Winter kann man das Haus, den Schweinekoben und den Gemüsegarten zwischen den kahlen Ästen der Bäume erahnen. Der alte Ton erlosch still wie eine Kerze, als aus einer Erkältung eine Bronchitis und aus der Bronchitis eine Lungenentzündung wurde, lautlos, ohne ein Wort, ohne Lebewohl. Ihren Domènec verlor die arme Sió völlig unerwartet. Kaum war Hilari auf der Welt, wurde Domènec vom Blitz getroffen.

Unterhalb von Matavaques ist Can Grill, das vor sich hin bröckelt. Angeblich wollen die Besitzer, die schon seit Jahren nicht mehr darin wohnen, es jetzt restaurieren und vermieten. Wir werden sehen. Es ist traurig, wenn man die Häuser hier oben verwahrlosen lässt.

Rei wohnt oberhalb von uns. Und über Rei ist dann schon das Dorf. Da lebt man beengt und zusammengepfercht, in den Dörfern hausen die Menschen dicht an dicht, und ständig gibt es Zank und Streit um irgendein steiniges Stück Land oder irgendwelche Lappalien. Ich verstehe nicht, wie man so aufeinanderhocken kann.

Noch höher, schon außerhalb und so weit oben, dass sie weder zum Dorf noch sonstwo dazugezählt werden, leben Jaume und sein Vater, der erst seit Kurzem Witwer ist und sich höchstens einmal im Jahr hinunter ins Dorf begibt. Misstrauisch und reizbar wie eine Wildkatze, ebenso misstrauisch und reizbar wie seine Frau, denn gleich und gleich gesellt sich gern. Jaume und sein Vater brauchen nur einen großen Schritt zu machen und sind schon fast in Frankreich.

Manchmal stelle ich mir vor, die Häuser wären die Sterne eines Sternbildes. Die Dörfer die Milch der Milchstraße. Und wenn ein Haus verfällt, ist es, als ob eines der Pünktchen am Himmel erlischt. Entlang der Landstraße bilden wir alle gemeinsam einen schönen Schwanz des Großen Bären. Zuunterst Can Grill, gleich darüber Matavaques, dann Can Prim, also unser Haus, wo ich mit Neus und unseren Gören wohne, und weiter oben Can Rei, schon so nah beim Dorf, dass ich es kaum noch als Teil des Sternbildes betrachte, und danach das Dorf, das in der Nacht hell strahlt.

Früher nannten sie mich den Prim, weil ich Neus geheiratet habe – was für ein Weib, meine Neus! –, die Erbin von Can Prim. Später gaben wir das Vieh auf, und ich fing an, fürs Gemeindeamt zu arbeiten, und jetzt bin ich für alle der Amtmann, der *Agutzil*. Ich habe nichts dagegen, weil Agutzil nicht weit von meinem Vornamen Agustí entfernt ist und Prim, was schlank bedeutet, bei meinem Wanst nach einem Spottnamen klingt. Amtmann dagegen klingt nach etwas Gediegenem, nach wichtiger Tätigkeit. Und mir gefällt meine Arbeit. Eine Arbeit, bei der man nicht leiden muss, die Tag für Tag die gleiche ist. Die nichts mit Regen oder Dürre, verendeten Tieren oder Krankheiten oder Durchfällen zu tun hat. Mein Aufgabenbereich umfasst alles, wofür eine Gemeindeverwaltung zuständig ist, den öffentlichen Raum und die Straßen, das Fällen und Zersägen von abgestorbenen Bäumen, die Pflege der Seitenstreifen und die Instandsetzung von Straßen, und besteht darin, alles sauber und manierlich zu halten, was mir nur recht ist, denn ich habe handwerkliches Geschick, packe gern an, und es macht mir Spaß, Ideen zu entwickeln und Dinge auszuprobieren. Der beste Teil meiner Arbeit ist die an den Verkehrswegen. Die Fahrbahn in Ordnung zu halten und dafür zu sorgen, dass die Straßenränder sauber sind, die Bäume beschnitten, der Asphalt heil, die Verkehrsschilder gerade, die Feldwege gut gekiest …

Neus arbeitet im Obstladen unten in Camprodon, und zu Hause haben wir die besten Mandarinen und die besten Orangen und im Sommer die besten Melonen und zu ihrer Zeit die besten Kirschen und die besten Nispeln und Pfirsiche, bei denen einem die Augen übergehen. Und wir haben zwei Mädchen, Cristina und Carla. Die hübschesten und klügsten weit und breit.

Wahrscheinlich ist jetzt der Moment, in dem der Schuss fällt. Und das Geräusch zwischen den Baumwipfeln verebbt. Wahrscheinlich ertönt jetzt der Knall und wird im Nu vom Berg verschluckt. Vom Berg mit seinen vielen Schichten aus abgefallenem Laub und feuchter Erde, aus Baumstümpfen und Blätterkronen und Steinen und all den Vögelchen mit ihren aufgesperrten Schnäbeln und all den ausgehungerten Raubtieren. Und bis zu meinen Ohren gelangt nicht das Geringste. Nicht der kleine, kurze, runde, weiche Laut, den die Gewehrschüsse der Jäger in den Bergen machen. Kein Schauder eines bösen Omens. Kein Nackenhaar, das sich sträubt. Nicht einmal die dunkle Vorahnung eines drohenden Unheils. Wahrscheinlich löst sich jetzt der Schuss. Und ertönt jetzt, urplötzlich. Doch bis zu mir gelangt nicht das Geringste, als schirmten die Bäume den Knall schamhaft ab.

Unser Haus und Reis Haus und sogar Can Grill schauen Richtung Tal, Matavaques nicht, das steht ein wenig abseits. Das Dorf, auf halber Höhe am Hang, ein Dorf, in dem es nur bergauf oder bergab geht, schaut ebenfalls ins Tal, und auch die Kirche schaut auf die Berge gegenüber und den weiten Himmel. Das Dorf ist ein gutes Dorf, zunehmend entvölkert, immerhin hatten wir es hier oben bis auf neunhundert Einwohner gebracht, und heute sind wir vielleicht noch zweihundert, aber dafür haben wir mehr Ruhe. Viele verlassen die Berge und ziehen hinunter in die Stadt oder woandershin, und andere kaufen die leerstehenden Häuser, um zum Skilaufen heraufzukommen. Oder man lässt sie verwahrlosen. Aber es ist ein gutes Dorf. Mit all seinem Hickhack, seinen Zwistigkeiten und Magenverstimmungen. Das ist in anderen Dörfern auch nicht anders. Der Bürgermeister ist ein anständiger Mensch, nur gehört er zu denen, die es jedem recht machen wollen und zu allem ja sagen, und wenn es dann wahr werden soll, tut sich nichts. Aber die Leute sind nun mal neidisch, und alle zufriedenzustellen, ist unmöglich. Legst du dich nicht mit den einen an, legst du dich mit den anderen an.

Am schönsten finde ich es, wenn wir alle im Dorf etwas gemeinsam machen. Wenn auch wir von den entlegeneren Häusern zum Dorfplatz hinaufgehen und es für eine Weile so aussieht, als wären alle gut Freund miteinander. Ein Sommerfest haben wir nicht. Unser Dorffest ist im Herbst, und wir essen Kastanien. Und zu Weihnachten gibt es das Weihnachtssingen und den Einzug der Heiligen Drei Könige. Den blonden König spielt meine Wenigkeit. Und dann haben wir noch das Frühlingsfest und den Kochwettbewerb, den immer dieselben gewinnen, sodass man gar keine Lust mehr hat teilzunehmen, aber Neus und ich treten trotzdem an. Und in manchen Jahren haben wir Glück, und es findet ein Havaneres-Singen statt. Im Sommer. Ich mag Havaneres sehr. Eigentlich ein Witz, dass ich sie so mag, denn aus dem Meer mache ich mir überhaupt nichts. Mich lockt niemand aus meinen Bergen. Bloß nicht ins Flachland oder so. Strand, nein danke. Aber die Havaneres, tja, die Havaneres liebe ich. Diese Lieder, die von Orten und Landschaften, von Kummer und Frauen und Sehnsucht erzählen, sprechen mir aus der Seele. Ich bekomme eine Gänsehaut und habe den Kopf voller Bilder vom Meer und von Schiffen und fernen Ländern und den Liebchen im Hafen. Das Meer in den Liedern gefällt mir. Wenn ich singe: »Ich liebe dich, mein Schatz, oh, wie ich dich liebe. Ich liebe dich mehr als das Blau des Meeres, wie der graue Himmel die Möwen liebt und das Wasser die Freiheit!« Und ich kenne die Texte auswendig, und was ich nicht mehr weiß, erfinde ich.

Ich singe, wenn ich Wege ausbessere und mir niemand zuhört, und wenn ich meine romantischen Anwandlungen habe und Neus zum Lachen bringen will, singe ich ihr auch mal was vor, und dann sagt sie im Spaß Seebär zu mir.

Einmal hat Neus mich mit nach Calella de Palafrugell genommen, um Havaneres zu hören, flambierten Rum zu trinken und Sardinen vom Grill zu essen. Das war das einzige Mal, dass es mir am Strand gefallen hat. Obwohl ich mich ziemlich fehl am Platz gefühlt habe unter diesen Leuten von der Küste, die sich alle untereinander kannten. Wir waren wie Ausländer, wie Fische auf dem Trockenen. Ich habe es genossen, doch ich hatte ein bisschen Heimweh nach den Bergen, wo wir zu Hause sind, nach unserem Dorf und unserem Havaneres-Singen. Sie sind schon auch hart im Nehmen, diese Seeleute, aber es ist eine andere Art von Härte.

Und wer weiß, ob nicht genau jetzt der Schuss ertönt, während ich an Havaneres denke und von Matrosenliebe und Salzwasser singe. Er fällt wie alles Schlimme, das auf der Welt geschieht, und solange es einem nicht selbst geschieht, ist es, als wäre es nicht geschehen. Kindsköpfe. Kindsköpfe seid ihr, alle beide. Eine Waffe muss beim Tragen immer gesichert sein. Herrgott noch mal. Das Leben und die Welt und die Geschichte und alles, was passiert, ist voll von schlimmen Dingen, die sich zur falschen Zeit am falschen Ort ereignet haben, während niemand sie verhindert hat.

Mein Vater sagte, als Soldaten in den Bergen hingerichtet wurden, habe er die Schüsse gehört. Mein Vater konnte sie hören, und ich habe heute nichts gehört. Aber aus Angst hielt er den Mund. Aus Angst, sie könnten seinen Bruder erschossen haben. Es half jedoch nichts.

Mein Vater war noch ein Kind, als bei ihm zu Hause eine Gruppe von republikanischen Soldaten vorbeikam, die sich auf dem Rückzug befanden und ein paar gefangene franquistische Soldaten dabeihatten. Sie klopften an die Tür und wurden eingelassen. Was die alles an Dörrwurst, Käse und Gepökeltem einsackten! Dann forderten sie den Hoferben, den älteren Bruder meines Vaters, auf, sie zu begleiten und ihnen den Weg nach Frankreich zu weisen. Der maulte: »Muss ich mir jetzt wirklich noch mal die Espadrilles anziehen?« Und sie zwangen ihn, die Espadrilles noch mal anzuziehen, und als er sie fertig geschnürt hatte, sagte einer der Soldaten zu ihm: »Es wird das letzte Mal gewesen sein, dass du sie anziehst.« Er zeigte ihnen den Weg und kehrte nie zurück. Mein Vater hörte die Gewehrschüsse, mit denen sie die Gefangenen und seinen Bruder hingerichteten. Was hätten sie tun sollen, wenn sie mit ein paar gegnerischen Soldaten auf der französischen Seite angekommen wären? Es war ihre letzte Chance, Rache zu üben, zu töten, Feindesblut zu vergießen.

Drei Tage später, berichtete mein Vater, kamen die Tiradores de Ifni. Die ganze Familie verkroch sich und verhielt sich mucksmäuschenstill. Aber mein Vater hatte eine Schwester mit Namen Teresa, die alle Treseta nannten, weil sie nicht ganz dicht war. Und als die Mauren an die Tür klopften, nahm sie – erbost, weil die anderen Soldaten ihren Bruder umgebracht hatten – den Suppentopf vom Feuer, stieg damit ans obere Fenster und schüttete ihnen die kochende Brühe über. Da traten die Soldaten die Tür ein und schnitten ihr mit einem Bajonett die Kehle durch. Er war ein sehr zorniger Mann, mein Vater.

In diesem Moment kommt Cristina herein und hat eine Granate in der Hand.

»Papa, schau mal, was ich gefunden habe«, sagt sie.

Sie ist meine Große, vierzehn Jahre alt.

»Na sowas! Wo hast du das denn her?«

»Vom Fluss.«

»Und was hast du am Fluss gemacht?«

»Steine geworfen.«

Steinewerfen nach der Schule. Heilige Einfalt.

»Das müssen wir sofort wegschaffen«, sage ich.

»Die explodiert nicht.«

»Woher willst du das wissen?«

»Weil ich sie innen leer gemacht habe und sie keinen Verschluss mehr hat.«

»Aber was fällt dir ein, eine Granate mit nach Hause zu bringen?«, herrsche ich sie an.

Wir gehen hinaus und legen sie mitten auf die Tenne. Wie kannst du mir nur eine Granate ins Haus bringen, du dummes Ding? Schließlich sind diese Berge verseucht mit Gewehrteilen und Patronen und Granaten. Wie weit reicht die Explosion einer Granate? Fünf Meter, sechs, sieben? Wir treten zurück.

»Dass du mir nie wieder so etwas anschleppst!«, sage ich. Ohne zu ahnen, dass sie in den folgenden Jahren Kiste um Kiste mit Granaten und Pistolen und Gewehren und Munition und Mörsern und sogar Teilen von Maschinengewehren füllen und überall aufstapeln würde.

»Stell dich nicht so an, Papa.«

Was bildet sich dieses Gör eigentlich ein, Herr im Himmel!

Die Bauern haben schon immer Waffen und andere Sachen gefunden, die die Soldaten beim Rückzug fallen gelassen haben. Und weißt du, was die klugen Bauern dieser Gegend damit machen? Weißt du, was dein Opa gemacht hat und was ich mache, wenn von diesem Zeug etwas herumliegt? Wegschauen. Oder, wenn es mitten auf dem Weg ist, es mit einem Stein zudecken. Es in irgendein Loch in einer

Trockenmauer stecken. Es in einen noch tieferen Graben werfen. Und fertig. Weil niemand es bei dir zu Hause finden darf. Und je weniger du mit der Guardia Civil zu schaffen hast, desto besser. Kind Gottes, wie konntest du nur?!

»Was machen wir jetzt, Papa?«, fragt sie. Wir stehen mitten auf der Tenne, während die Dämmerung herabsinkt, die Granate vor uns auf dem Boden wie eine Opfergabe.

»Nachdenken«, erwidere ich. Und als ich lange genug nachgedacht habe, sage ich: »Ich bringe sie zur Guardia Civil.«

»Ich komme mit.«

»Nein.«

»Ich habe sie gefunden und will sie zur Guardia Civil bringen«, ruft sie mit einer so erwachsenen Entschlossenheit aus, dass ich sie frage, ein Mädchen von vierzehn Jahren:

»Und du bist sicher, dass sie nicht explodiert?«

»Sie ist leer. Das ist nur noch eine Eisenhülle.«

»Finger weg!« Verflucht.

Langsam nähere ich mich der Handgranate, mein Rücken schwitzt.

»Keine Angst, Papa.«

Es wird Abend und das Licht zunehmend kälter. Es muss schon eine Weile her sein, dass der Schuss ertönte und Hilari tot ist und Jaume ihn auf die Schultern genommen hat.

Ich greife nach der Granate.

Wieder sagt sie:

»Keine Angst.«

Zum Teufel. Die Granate in der Hand gehe ich den Weg hinunter, biege links ab, die Böschung wird steiler, und wir müssen dem Brombeergestrüpp ausweichen. Sie folgt mir. Ich öffne das elektrische Gatter. Hochmodern, diese elektrischen Gatter. Modern, aber erdacht für die Berge. Der Weg ist übersät von Kuhfladen und großen, kantigen Steinen, mit einer Schneise umgestürzter Bäume zur Rechten.

»Was machen wir?«, fragt sie.

Ich antworte nicht.

Wir überqueren den schmalen, steinigen Bach, und vor uns breitet sich das Feld aus. Wildschweine und Maulwürfe haben die Erde aufgewühlt. Das Gras steht hoch. Hier unten kommt die Sonne nicht hin, und das Licht ist ganz blau. Hinter dem Feld ist der Fluss. Er strömt am Grund des Tales und rauscht laut. Jenseits des Flusses geht es wieder steil bergan.

»Bleib hier«, sage ich zu ihr.

Ich gehe fünfzehn Meter weiter.

Ich hebe den Arm und werfe die Granate. Weit weg. Mitten ins Feld, das grün und blau und grau ist. Rund und rostig fliegt sie durch die Luft. Und fällt zu Boden wie ein dicker Stein. Geräuschlos, weil sie so weich landet. Kein Laut. Stille. Die Vögel lassen sich nicht stören bei ihrem Tagewerk. Der Fluss zieht vorüber, konzentriert.

Das Mädchen sagt:

»Siehst du?«

Sie hetzt los wie ein Hund, dem man ein Stöckchen geworfen hat, ohne die exakte Stelle aus den Augen zu lassen, wo sie die Granate hat hinfallen sehen. Sie findet sie im Handumdrehen. Ich fühle mich wie ein Trottel. Natürlich ist sie nicht explodiert. Aber ich konnte mich nicht mit einer Granate und meiner großen Tochter ins Auto setzen, ohne mich vergewissert zu haben.

Wir gehen zurück zum Haus. Unterwegs fragt sie:

»Werden sie sie behalten?«

Ich antworte nicht. Neus ist noch nicht zu Hause. Wir steigen ins Auto, als die Sonne bereits verschwunden ist. Nicht mehr lange, und Rei wird dem über und über mit Blut befleckten Jaume begegnen, der Hilaris leblosen Körper auf den Armen trägt. Unser Wagen rollt die Straße entlang, deren Windungen ich auswendig kenne wie ein Lied. Als wir Camprodon erreichen, ist die Nacht noch nicht schwarz, sondern dunkelblau. Wir betreten die Kaserne, wo soeben die Nachricht eingegangen ist. Rei hat angerufen und gesagt, oben in den Bergen habe es einen Jagdunfall gegeben. Jaume, der Sohn der Riesen, habe Hilari von Matavaques erschossen, den Jungen von Sió. Hilari sei schon seit Stunden tot. Es sei schnell gegangen. Jaume habe ihn in seinen Armen heruntergeschafft.

Bei der Guardia Civil sind alle im Aufbruch, als wir eintreffen. Eine Gruppe von fünf oder sechs kommt heraus und steigt in die Autos. Immer ist sie ruhig, diese Kaserne, bewegungslos, still, wie halb im Schlaf und halb verlassen. Mit der wehenden Flagge, die fremd wirkt, wie woanders genäht. Die tristen, glatten Mauern, die Tore aus Zement und Stacheldraht, die alles draußen halten, die Fenster klein wie tieftraurige Augen.

»Was wollen Sie?«, spricht uns einer der Beamten auf Kastilisch an. Er trägt einen schmalen Oberlippenbart und sieht aus, als hätte er viel geraucht, als hätte er seine Kindheit und Jugend fern dieser Berge verbracht.

»Wir haben das hier aufgelesen«, sage ich und zeige ihm den Fund.

»Ach, das«, sagt er und nimmt die Granate entgegen. »Das ist harmlos.«

»Darf ich sie behalten?«, fragt Cristina schnell.

»Kleine, heb sie auf, schmeiß sie weg …«

»Was ist passiert?«, frage ich und weise auf die allgemeine Mobilmachung.

»Nichts, ein Unfall«, antwortet er. Und an mir richtet sich kein Härchen auf. Nicht die leiseste Ahnung befällt mich.

Keine Spur von Angst. Nichts. Ein Unfall. Als ob Unfälle sich nur weit weg ereigneten. Andernorts. Und nur Leuten zustießen, die man nicht kennt. Als könnte der Tag eines Unfalls niemals heute sein. Nichts, nichts. Ein Unfall. Er riecht nach altem Mann. Nach ranzigem Kölnischwasser. Nach Tabak. Muffig. Der Mann, dessen weißliche Mundwinkel herabhängen wie die Barteln eines Welses, wiederholt: »Die ist harmlos, natürlich kannst du sie behalten, Kleine.«

Im Hinausgehen sagt Cristina:

»Papa, ich brauche einen Metalldetektor.«

»Wofür brauchst denn du einen Metalldetektor?«, frage ich.

»Um Kriegswaffen zu suchen.«

»Kommt überhaupt nicht infrage.«

DER ERSTE REHBOCK

Drinnen war es sehr warm, sehr dunkel und sehr eng. Mein Bruder mit seinen langen Läufen, ich mit meinen langen Läufen, zusammengerollt wie Raupen unter Steinen. Und alles, was Geräusche macht, alles, was einen Geruch oder Geschmack hat, und all die Dinge, die wir nicht wussten, und all die Dinge, die wir nicht kannten und uns nicht vorstellen konnten, trabten und sprangen und bewegten sich außerhalb des Leibes unserer Mutter. Bis die Geräusche anfingen. Die Schreie unserer Mutter, wie ein Bellen, heiser und schrill zugleich. Einer nach dem anderen. Einer nach dem anderen, was bedeutete, dass irgendetwas passierte. Was bedeutete, dass die Zeit gekommen war. Die Dunkelheit wollte uns nicht mehr. Der höhlenartige Bauch unserer Mutter wollte uns nicht mehr. Zuerst mein Bruder, dann ich. Zuerst die Beine, dann der Rumpf. Drinnen waren wir nicht nass. Drinnen waren wir dunkel und warm. Draußen waren wir nass. Und die Augen wussten nicht, was Sehen war, weil sie noch nie gesehen hatten. Drinnen war alles dunkel, und sie wussten nicht, dass sie zum Sehen dienten. Die Lider geschlossen, ruhend. Draußen waren wir nass, und die Luft sagte uns, dass wir nass waren. Ihr seid nass, ihr seid nass, sagte sie. Und die Kälte war zum Verzweifeln. Und Mama kam mit einer Zunge, die warm war wie die Erinnerungen. Mit einer Zunge, die Angst und Blut ableckte. Mit einer weichen und unerbittlichen Zunge, die uns sagte, hierher, hierher. Hoch mit dir, hoch mit dir. Dort hinüber. Aber unsere Glieder wussten nicht, wie sie gehen, wie sie sich bewegen sollten, jetzt, da sie mit einem Mal Platz hatten, um sich so lang auszustrecken wie sie wollten. Jetzt, da es ihre Aufgabe war, dich aufzurichten und von Ort zu Ort zu tragen. Denn es gab Orte außerhalb des Bauches. Da gab es Orte. Mein Bruder kam auf die Beine. Und da gab es Gras. Feines Gras. Gras, das deine Nase berührte, Gras, das deine Augen und deinen Bauch berührte. Ich kam auf die Beine. Und es gab Himmel. Der hell war und der dunkel war. Und es gab Nacht, wie im Bauch, nur mit Luft und ohne meinen Bruder. Es gab Steine. Es gab Milch. Es gab Kacka. Und da war die Sonne, hell und schmerzhaft. Alles war da. Dinge, die duften. Die Krach machen. Furchterregende und wohltuende.

Und dann trennte Mama meinen Bruder und mich. Und versteckte uns. In einem Versteck vernimmt man jedes Geräusch. Sie gefallen mir, und sie erschrecken mich, die Geräusche. Ich halte still. Ich verharre still und geduckt, solange die Sonne mitten am Himmel steht. Aber wenn das Licht kühl wird, probiere ich meine Beine. Wenn Mama kommt und die Sonne schon weggeht oder die Sonne noch nicht da ist, zeigt sie mir, was man vom Versteck aus nicht sehen kann, und mit der Schnauze sagt sie mir, hierher, hierher, steh auf, steh auf, hoch mit dir, und ich probiere meine Beine zu noch weiter entfernten Orten. Sie zeigt mir das strömende Wasser, Wasser, das zum Trinken ist wie die Milch, nur kalt. Sie zeigt mir die köstlichen Büsche und die zarten Sprossen und die kleinen, guten Beeren. Sie zeigt mir die Baumstümpfe und den Geruch von Kacka und Pipi und den Geruch der anderen Rehe, und sie sagt, ich müsse laufen, schnell laufen, wenn ich Angst bekäme, laufen, wenn ich Geräusche hörte, dann solle ich laufen. Ich sei klein und niedlich, aber nicht alles in diesem Wald sei gut. Was ist denn nicht gut? Frage ich. Viele Dinge. Andere Rehe? Wenn du etwas hörst, das dir nicht behagt. Wenn du etwas witterst, das dir nicht behagt. Lauf, lauf, denn diese Beinchen sind dazu gemacht, schnell zu laufen. Und dann bringt sie mich zurück zum Versteck. Still, still, sagt sie. Und ich höre das Geräusch der Bienen auf der Suche nach Blumen. Und ich höre das Geräusch der kleinen Tiere, die unter der Erde leben. Das Geräusch der Vögel, wenn sie singen. Das Geräusch des Wassers, wenn es vom Himmel fällt. Mamas Geräusch, wenn sie kommt. Das Geräusch beim Milchsaugen. Und dann, plötzlich, höre ich das Geräusch, das von allen das fürchterlichste ist. Das schlimmste, durchdringendste Geräusch. Das Geräusch von zu schweren Schritten. Das Geräusch von lauten Stimmen, wie Schreien. Das Geräusch, das nicht aus dem Wald kommt, sondern von einem Ort, den ich nicht kenne, einem Ort, von dem ich nicht weiß, wo er ist.

Der Lärm dieser Bestien näherte sich, und ich hörte sie kommen, hörte, wie sie mich entdeckten. Sie fanden den Platz, wo Mama mich versteckt hatte. Und riefen. Und da kamen noch mehr. Sie waren anders als alles, was ich jemals gesehen hatte. Keine Rehe wie Mama oder mein Bruder oder ich. Sie waren keine Bienen, keine Vögel, keine Kaninchen, keine Dachse, keine Spinnen, keine Mäuse. Und dann packten sie mich mit ihren Vorderbeinen, die kein Fell, aber viele Äste hatten. Ich wollte, dass meine Mutter käme. Ich wollte Milch. Ich wollte, dass sie weggingen und ich die Gerüche und Geräusche wahrnehmen konnte. Aber sie hoben mich hoch. Hoch in die Luft und heraus aus meinem Versteck. Ich hatte Angst. Mama hatte gesagt, lauf, lauf. Aber ich konnte nicht laufen, und sie nahmen mich mit. Sie trugen mich weit weg, quer durch den Wald, so weit, wie ich noch nie gewesen war, so weit, dass ich, wenn sie mich abgesetzt hätten, nicht zurückgefunden hätte. Sie nahmen mich mit, und ich war sehr müde. Ich war sehr weit fort. Ich war nicht weggelaufen, und jetzt hatten mich die, die herumschrien.

Sie steckten mich an einen Ort wie ein Schnarchen. Wie der Leib einer schrecklichen Mutter, die dir, statt dich zu gebären, den Tod bringt. Drinnen herrschte ein schmerzhafter Geruch, ein ekelhafter Geruch, ein missratener Geruch. Ich schloss die Augen, weil ich nichts sehen wollte. Ich wollte nichts wissen von diesem hässlichen Ort ohne Wald. Ohne Bäume. Ohne Blätter. Ohne Gras, ohne zarte Wiesen oder Beeren. Sie brachten Wasser, aber ihr Wasser stank. Und ich hatte Angst und rollte mich zusammen und dachte, dass ich dort weg musste. Denn so zusammengerollt, ohne Unterschlupf und ohne Mama, war mir klar, dass ich sterben würde. Und ich schlief den leichten Schlaf der Todgeweihten, und sie kamen wieder, schrien herum und fassten dich an, obwohl du nicht angefasst werden wolltest. Sie kamen immer wieder. Und brachten mehr stinkendes Zeug mit. Das nach Kacka stank, das nach Tod stank, das stank und stank. Und ich war sehr hungrig. Und sehr traurig. Ich sah nichts an, weil ich nichts sehen wollte, fühlte aber ihre Klauen nach mir greifen, und da schlug ich auf einmal die Augen auf und sah Bäume in der Ferne. Und diesmal lief ich, ich rannte und rannte, rannte und rannte und hörte ihr Geschrei, ihr Getrampel, den Lärm, aber ich war schneller als das Geschrei und als die Beine des Geschreis, und ich rannte und rannte, immer auf die Bäume zu, denn hinter den Bäumen kamen mehr Bäume und danach noch mehr Bäume, und dann kam der Wald.

Als ich im Wald war, weit weg von denen, die dich wegtragen und herumschreien, füllte ich mir das Maul mit jungen Schösslingen und lebendigem Wasser, und ich füllte meine Nase mit all den Düften und die Augen mit all den schönen Dingen und fand ein geschütztes Plätzchen, um mich schlafenzulegen und an meine Mutter und meinen Bruder zu denken. Meine Mutter und meinen Bruder, die ich nie mehr wiedersehen würde, weil ich zu weit weg war und nicht mehr zu meinem Unterschlupf zurückfände, wo Mama mich versteckt hatte, als ich geboren wurde. Es ist schön, dass meine Mutter meine Mutter war. Und dass mein Bruder mein Bruder war. Aber jetzt brauchte ich keine Mutter mehr, und an meinen Bruder erinnerte ich mich kaum. Bald werde ich mich auch nicht mehr an Mama erinnern. Denn Rehe brauchen nur eine Mutter, wenn sie zur Welt kommen und noch klein sind und viel lernen müssen. Und Geschwister haben sie nur, solange sie im selben Bauch sind und dieselbe Milch trinken. Aber ich trinke keine Milch mehr.

Ich gedachte, mir ein Rudel Rehe zu suchen, die niemandes Mütter oder Geschwister waren. Ich würde mir eine Ricke suchen, und wir würden uns paaren. Der Wald wäre mein Zuhause. Voll von Gutem und Essbarem und Schützendem und Schönem. Und ich würde mir andere Rehe suchen, um ein bisschen weniger Angst zu haben. Weil die Angst sich in mir eingenistet hatte wie eine Krankheit. Alles erschreckte mich, und ständig war ich auf der Flucht. Ich rannte und rannte und rannte, und die Angst hörte niemals auf. Ich wechselte andauernd den Unterschlupf und schlief den unruhigen Schlaf derer, die in Todesangst leben. Aber unbehaarte Tiere, die herumschreien und Vorderbeine wie Äste haben, sah ich erst viele, viele Tage und Nächte später wieder, als ich längst Ricken gekannt und mit Böcken gekämpft hatte, die sich an meinen Bäumen rieben, mein Stück Wald verteidigt, im Rudel gelebt und Kitze gesehen hatte, als die Bäume kahl geworden waren, die Kälte zunahm, die Nahrung sich versteckte und hart und schwer zu kauen war und das Wasser kalt und weiß wurde und an den Ufern erstarrte. Ich war allein, früh am Morgen, und verspeiste frisches, zartes Gras, das wieder einmal köstlich war, und wollte keinen Bock in meiner Nähe haben, ich wollte nur eine Ricke, die Böcke wünschte ich weit, weit, weit weg, wenn es sein musste, würde ich sie töten. In der Luft hing der Duft des Morgens, ein Duft ohne Geschmack, wie Wasser, so gut, dass du ihn nicht beschreiben kannst, und da waren das Rauschen der Zweige hoch in den Bäumen und das fröhliche Gezwitscher der Vögel. Doch mit einem Mal drehte sich der Wind, wie ein Hals, und da nahm ich ihn wahr, den Gestank, den grässlichen Gestank nach unbehaartem Tier, der wie ein Stachel tief am Grund meiner Angst steckt. Und die Laute, die sie von sich gaben. Diesmal schrien sie nicht, diese schrien nicht herum. Bei ihrem Gewisper jedoch schauderte es mich noch mehr. Ich hob den Kopf, streckte den Rücken, angespannt, sprungbereit. Ich wollte wissen, wo sie waren, um zu wissen, wohin ich laufen musste, und für immer laufen und nie mehr aufhören zu laufen. Zu laufen, wie Mama mir gesagt hatte, dass ich laufen soll, als ich auf die Welt kam. Und dann, los geht's!, rannte ich davon, wie eine Wolke, noch schneller!, wie ein Hase, noch schneller!, der Wald schwankte über mir, unter mir trabte der Boden, die Bäume wichen aus, so schnell stürmte ich auf sie zu. Und dann hörte ich es. Das Geräusch. Peng. Das entsetzlichste Geräusch, das ich je gehört hatte, ohrenbetäubend, markerschütternd. Als müsste nach diesem Knall alles sterben. Als sollte danach nie wieder ein Halm sprießen, kein Vogel mehr singen, kein Wasser fließen, keine Sonne aufgehen. Ein Geräusch wie etwas Böses. Und ich dachte, dass ich an diesem Geräusch sterben würde. Mit all den Dingen sterben, die nach dem Knall sterben würden. Ich würde sterben, weil das Geräusch mich auserkoren hatte. Lebe wohl, Wald. Lebe wohl, Morgen. Lebt wohl, Vögel. Lebe wohl, Sonne. Lebe wohl, Rehbock, der ich bin. Lebt wohl, Rehe, die ihr die anderen seid.

Doch ich starb nicht, und meine Beine rannten weiter und rannten und rannten und rannten und rannten und rannten und rannten und rannten.

DIE KULISSE

Sublim sind sie, diese Berge. Urtümlich. Aus einer anderen Welt. Mythologisch.

Pyrene war die Tochter des Königs von Iberia, Túbal. Und Geryon, ein Riese, der von der Taille aufwärts drei Körper besaß, beraubte Túbal seines Thrones. Pyrene floh in diese Berge, die Geryon vollständig in Brand setzte, um Pyrene mit dem Feuer einzukreisen. Er verbrannte sie bei lebendigem Leib, und Herakles bedeckte ihren Leichnam mit grandiosen Steinen und bildete daraus eine Gipfelkette, wie ein Grabmal vom Kantabrischen Meer bis zum Cap de Creus. Dieses Gebirge heißt Pyrenäen zu Ehren Pyrenes. So erzählt es Freund Verdaguer. Die Griechen waren brutaler, verrückter. Der griechischen Mythologie nach war Pyrene die Tochter des Königs Bebryx, und als Herakles im Palast zu Besuch war, vergewaltigte er sie, und sie gebar eine Schlange. Daraufhin suchte die Prinzessin Zuflucht in den Bergen und wurde dort die Beute von Raubtieren. Den Griechen zufolge war es Herakles selbst, der, nachdem er sie vergewaltigt und geschwängert hatte, die Überreste ihres von wilden Tieren zerrissenen Körpers fand und ihr die letzte Ehre erwies, indem er diesem Gebirge ihren Namen gab. Menschenskind, Herakles, besten Dank auch!

Dies ist der Rückzugsweg. Über den die Republikaner geflohen sind. Zivilisten und Soldaten. Hinüber nach Frankreich. Heute Morgen ist es feucht. Ich atme kräftig ein, damit diese so saubere, so feuchte, so reine Bergluft bis in die Tiefe meiner Lungen dringt. Dieses Aroma von Erde und Baum und Morgen. Es wundert mich nicht, dass die Leute hier oben gutmütiger sind, echter, menschlicher, wenn sie jeden Tag diese Luft atmen. Und Wasser aus diesem Fluss trinken. Und die Schönheit dieser legendären Berge, die in der Seele wehtut, jeden Tag vor Augen haben.

Ich beginne den Aufstieg zum Dorf. Das Auto habe ich gegen acht Uhr morgens unten im Tal abgestellt. Ich habe ein trockenes Baguette gegessen und nicht einmal einen Kaffee getrunken. Als ich das letzte Mal hier war, im vergangenen Frühjahr, hatte mir ein Bauer erklärt, auf diesen Felsen laste ein Fluch, und alle zehn Jahre werde jemand vom Blitz erschlagen. Er sagte, sein Name sei Rei, der Bauer mit dem vierschrötigen Gesicht, dem zahnlosen Mund und einer Haut, die so spröde war, dass man sie knistern hörte, wenn er sich die Nase rieb. Pass auf, dass du nicht der Nächste bist, sagte er. Der vom Blitz erschlagen wird. Und er lachte. Die Wolken türmten sich zu einem Gewitter auf. Pass auf, dass du nicht der Nächste bist. Der König der Spinner.

Auch die Leidenschaften sind hier oben roher. Nackter. Ehrlicher. Das Leben und der Tod, Leben und Tod und Instinkt und Gewalt sind hier oben allgegenwärtig. Wir anderen sind uns der Transzendenz des Lebens gar nicht mehr bewusst. Wir Städter leben alle ein verwässertes Leben. Aber hier, hier lebt man jeden Tag. Und sobald das Wetter anfängt, schön zu werden, auch wenn der Frühling noch schwächelt und zaudert, muss ich mindestens einmal im Monat rauf in die Berge. Alles stehen und liegen lassen und, allein oder in Begleitung, einen Tag auf dem Land verbringen. Sollte ich mir je ein Haus hier oben leisten können, ein kleines Häuschen für den Sommer, würde ich es Can Gentil nennen. Aber es müsste ein altes Haus sein, ein Chalet würde ich mir nie kaufen.

Auch die Zeit hat hier oben eine andere Konsistenz. Als hätten die Stunden nicht dasselbe Gewicht. Als dauerten die Tage nicht genauso lang und hätten weder die gleiche Farbe, noch schmeckten sie gleich. Die Zeit ist hier aus einem anderen Stoff, von anderem Wert.

Durch das Laub der Bäume sickert eine gelbe, frühe Sonne, und ich höre den Fluss fröhlich rauschen. Als ich den feuchten Hohlweg verlasse und den Aufstieg beginne, sehe ich in der Ferne ein paar verstreute Häuser jenseits des Kamms, und die Berge dahinter sind womöglich schon in Frankreich, und am Ende Espinavell, und mein Gott, was für eine Landschaft. Was für Landschaften und was für Gebirge wir haben, wir sollten stolz darauf sein, doch eingezwängt in Barcelona vergessen wir das manchmal. Kaum auszuhalten, so schön. Die Augen gehen einem über. Hier muss man im Herbst herkommen, wenn sich die Hänge in alle Farben kleiden, in Rot, in Kastanienbraun, in den Farbton der Pyrenäenkuhschnauze, in Ocker, Orange, Granatrot und Farben, die du noch nie zuvor gesehen hast, unter einer Sonne, so gelb wie Dotter. Wie ich es liebe, durch die Berge zu streifen. Oh, wie ich es liebe. Was für ein Hochgenuss. Der Anblick von Kühen und Berggipfeln. Und im Hintergrund der Pic del Canigó. Was für ein Ort. Was für eine Art, das Herz zu füllen.

Ich erreiche das Dorf, und das Dorf ist ein Postkartenidyll. Mit seiner romanischen Kirche, klobig und solide und herrschaftlich. Die Sonne wärmt schon, und ich schreite weiter bergan, die Kirche zur Rechten, die ersten Häuser zur Linken. Zwei Pferde, ein braunes und ein weißes, stehen dort auf einer Koppel. Gleich beim Ortseingang, wie vor tausend Jahren. Ich rupfe ein Büschel Gras aus und nähere mich dem Zaun, um zu sehen, ob ich sie anlocken kann, aber sie würdigen mich keines Blickes. Prachtvolle Tiere. Gut genährt. Mit wackeren Beinen und Hälsen wie Stiere. Pyrenäenpferde.

Die Metzgerei, wo ich Wurst kaufen will – echte Botifarra, die gute, nicht das, was sie mir in Barcelona andrehen –, ist wenige Schritte von der Kirche entfernt. Wann immer ich in die Berge fahre, besorge ich mir einen Vorrat. Die Metzgerei ist ein uriger Laden. Hier ist die Zeit stehengeblieben. Der Marmor der Ladentische alt und rosa vom vielen Blut. Die Kacheln vergilbt. Und überall weiße Häkelgardinchen. Und handgeschriebene Preisschilder. Und eine Neonbeleuchtung, die hin und wieder flackert. Auf dem Boden die Wasserkaraffen, und in den staubigen, mit rot-weiß kariertem Wachstuch bespannten Regalen ein Durcheinander aus allem, was du dir nur denken kannst, und mehr. Bedient wird man von einem alten Mann und einem jungen Mädchen, die beide einen so breiten Dialekt sprechen, dass du dich anstrengen musst, um zu verstehen, was sie sagen.

Aber die Metzgerei ist geschlossen. Ich schaue auf die Uhr. Es ist elf. Unglaublich, diese Entspanntheit, diese Geruhsamkeit, mit der man auf dem Land die Arbeit und das Leben angeht. Ich finde es herrlich. Wenn es nur mit allem so wäre. Ich gehe zum Bäcker. Anderthalb Straßen weiter. Alles nur ein Katzensprung. Die Straßen, wo die Sonne nicht hinkommt, sind noch feucht. Das Pflaster glänzt dunkel. Die Bäckerei ist ebenfalls geschlossen. Wieder schaue ich auf die Uhr. Fünf nach elf. Jetzt verstehe ich gar nichts mehr. Ich sehe mich um und hole zwei Frauen ein. Beide ganz in Schwarz. Alt, uralt, wie aus einem Märchen. Weißes, schütteres, gekräuseltes Haar. Faltige Gesichter voller Flecken und Warzen und Münder mit nassen lila Lippen.

»Wie kommt es, dass heute alles zu ist?«, frage ich sie.

Eine der beiden dreht sich zu mir um und betrachtet mich verächtlich. Sie mustert mich von oben bis unten. Dann sieht sie mir in die Augen und erwidert:

»Wir gehen zur Beerdigung.«

»Sind die von der Metzgerei und der Bäckerei auch auf der Beerdigung?«

Die Frau wendet sich ab und antwortet nicht. Ihre weniger verbiesterte Begleiterin erklärt mir:

»Hilari von Matavaques ist umgekommen. Erschossen vom Sohn der Riesen, im Wald. Sie waren jagen, es gab einen Unfall, und Hilari ist tot«, sagt sie. »Hilari von Matavaques ist tot. Wie sein Vater. Zwanzig Jahre war er alt. Eine Tragödie.«

Ich verstehe kein Wort.

»Ein Jagdunfall?«

Sie setzen sich wieder in Bewegung, und ohne sich umzublicken, gibt sie zurück:

»Ja.«

Sie lassen mich vor der Bäckerei stehen. An der Tür hängt kein Zettel. Keine Todesanzeige. Nichts. Es ist Viertel nach elf. Metzger und Bäcker sind die beiden einzigen Läden im Dorf. In der Metzgerei bekommt man praktisch alles, Milch, Säfte und auch Nudeln, Reis und Wein, beim Bäcker ist das Sortiment noch größer, da gibt es sogar Spülmittel und Topfreiniger und Wischmopps.

Ich mache mich auf den Weg zur Bar. Ich möchte einen Kaffee und ein Croissant gegen meinen Hunger und meinen Frust. Oje, denke ich, bestimmt ist die Bar auch zu. Scheiße. Die Bar ist zu. Verflucht noch mal. Man isst gut da. Der Kaffee ist scheußlich. Aber in den Bergen ist das so, vom Kaffeekochen versteht man hier oben nichts. Die Wirtsleute wohnen über dem Lokal. Ich läute. Nichts. Vielleicht sind sie auch in der Kirche. Ich läute noch einmal. Die Klingel schrillt durchs Haus. Die Tür, gleich neben dem Rollgitter der Bar, ist aus rotem Holz und Milchglas mit einem ziselierten Muster aus Borten, Krügen und Pflanzen. Ich höre Türen klappen. Und sehe durch die weiße matte Scheibe eine Gestalt herunterkommen. Ein Glück, denke ich. Ein sehr alter Mann öffnet mir. In Espadrilles. Der Bart kurz und weiß, die Wangen schlaff, die Nase dick und ausladend und ein Auge aus Glas. Ein stumpfes, gelbes, hässliches Glasauge, so schlecht gemacht, dass es aussieht wie aus Plastik.

Er sagt:

»Was willst du?«

Ich sehe auf sein Glasauge.

»Guten Tag.«

Er antwortet nicht.

Ich denke, ich sollte mich an das lebende Auge richten. Ich wechsle. Dieses andere ist ein triefendes Fischauge.

»Machen Sie heute irgendwann wieder auf? Ich bin auf einer Wanderung, und jetzt ist hier alles geschlossen.«

Ich sehe wieder sein künstliches Auge an. Es steht weiter heraus als das andere und wirkt wie ein Scherzartikel. Er sagt nichts.

»Ich würde gern etwas essen oder einen Kaffee trinken.«

Schweigen.

»Ich dachte, wenn Sie heute nicht öffnen, könnten Sie mir vielleicht ein Brot verkaufen. Oder was auch immer, damit ich nicht verhungere. Mein Auto steht unten, gut zwei Stunden von hier.«

Erneut wende ich mich an das gesunde Auge und bemühe mich, die Sympathie des Mannes zu gewinnen.

»Nein.«

»Irgendwas anderes.«

»Nein«, sagt er lauter, »ich muss ja morgen aufmachen!«

»Guter Mann, bloß ein Baguette. Bis morgen ist das sowieso hart.«

»Nein«, wiederholt er. »Weg hier.«

Weg hier!, hat er gesagt. Und schließt die Tür. Er schließt die Tür! Er schlägt sie mir vor der Nase zu. Ich könnte mich schwarz ärgern. Wo ist die menschliche Güte geblieben? Mitgefühl? Mildtätigkeit? Gott im Himmel, so was Blödes. So eine Gemeinheit. Ich trotte wieder zurück. Jedem Einheimischen hätte er Brot verkauft oder geschenkt. Mit mir ist er umgegangen wie mit einem Fremden, einem Ausländer. Genau wie die zwei Alten. Wieder komme ich an der geschlossenen Metzgerei vorbei. Kein Zettel. Keine Todesanzeige. Ich bin verwirrt. Am Ende der Straße vor der Kirche sind Leute. Viele Leute. Die Nachbarn, alle in Schwarz. Als ich vorübergehe, tragen sie gerade den Sarg heraus. Das Licht ist sehr gelb. Und die ganze Szenerie, die Kirche, die Alten, der dunkle Sarg, der Blumenkranz, die beiden Pferde in der Auffahrt, dahinter die Berge, wirkt erst recht wie eine Ansichtskarte. Herrlich. Wäre ich Maler, ich würde hier heraufkommen und diese Art von Bildern malen. Ländliche Motive. Die alten Männer und Frauen, die Baskenmützen, die Kopftücher. Die Sonne auf der Kirche, auf dem hölzernen Sarg. Der Glockenturm. Das ist so schön, dass meine Wut verraucht. So lauschig. Und obwohl ich Hunger habe und der einäugige Alte so unfreundlich zu mir war, versöhnt mich die Schönheit. Das Leben und der Tod. Ich stelle mir den Jäger vor, der ums Leben gekommen ist, mit langen Haaren wie Gentil. Die Dörfler ziehen an mir vorbei, allen voran der Sarg. Tragisch, das Leben hier oben. Und ich bleibe eine Weile stehen und schaue gebannt dem Schauspiel zu.

DIE POESIE

Dieses Gedicht habe ich für einen guten Freund verfasst.

Ich schaue mir alles an: die Wege und die Bäume, den Himmel und die Sonne, den Morgen und die Nacht und die Steine und die Brennnesseln und die Kuhfladen und die Bergkämme und die Felsen und den Rauch in der Ferne und die Wildschweinpfade … alles, während ich reime. Ich habe die Poesie im Blut. Und ich bewahre alle Gedichte im Gedächtnis, wohlgeordnet wie in Schubladen. Ich bin ein Krug voll Wasser. Einfachem Wasser wie dem der Bäche und Quellen. Ich neige mich vor, und aus mir ergießt sich ein Schwall Verse. Nie halte ich sie auf Papier fest. Um sie nicht zu töten. Denn Papier ist wie süßes Flusswasser, das im Meer verloren geht. Es ist der Platz, wo alle Dinge scheitern. Die Poesie muss frei sein wie eine Nachtigall. Wie ein Morgen. Wie die zarte Abendluft. Die nach Frankreich weht. Oder nicht. Oder wo immer sie hinwill. Und auch, weil ich weder Papier noch Bleistift habe.

GEDICHT FÜR JAUME

Wie eine Eierschale war der Knall weiß.
Die Haare im Gesicht verdeckten mir,
wie Vorhänge, wie Laubwerk,
die Bäume, das Tier, und Jaumes Hände.

Das Licht stach, Jaume weinte.
Der Rehbock rannte leicht wie der Wind.
Weine nicht, Jaume, wir gehen ihn suchen,
weine nicht, Jaume, es tut mir nicht weh.

Wie ein Sack Kartoffeln, wie ein Kind,
wie ein toter Rehbock, über deiner Schulter.
Ich wollte dich nicht betrüben, Jaume, so allein,
ich wollte dich nicht allein lassen, Jaume, so betrübt.

Wenn ich ein Gedicht aufgesagt habe, lasse ich immer ein wenig Zeit vergehen. Wenn die Worte verklungen sind, wenn meine Stimme alle Dinge berührt und den Raum zwischen den Gegenständen ausgefüllt hat, schweige ich. Um das Gedicht vom Rest zu trennen. Und ich lausche. Der Dichter spricht. Der Dichter proklamiert. Aber ebenso lauscht der Dichter. Irgendeinem Vogel. Der Luft, die sich wieder des Raumes zwischen den Blättern bemächtigt. Dem dünnen Pfeifton, den die Welt ausstößt, tief im Inneren der Ohren …

Dieses Gedicht habe ich für mich verfasst:

GEDICHT FÜR MICH, HILARI

Ich singe dem Mond, wenn er voll ist,
runder Zahn in freundlicher Nacht,
trächtige Katze.
Ich singe dem eisigen Fluss,
Seelengefährte,
wie eine Vene, wie eine Träne.

Ich singe dem wachsamen Wald
voll von Fischen, Hasen, Pilzen.
Ich singe den großmütigen Tagen,
der Sommerbrise, der Winterbrise,
dem Morgen, dem Abend,
dem stillen Regen, dem wütenden Regen.
Ich singe dem Hang, dem Gipfel, der Wiese,
den Brennnesseln, der wilden Rose, dem Brombeerstrauch.
Ich singe wie einer, der den Garten bestellt,
einen Tisch schreinert,
ein Haus erbaut,
einen Hügel erklettert,
eine Walnuss isst,
eine Glut entfacht.
Wie Gott bei der Erschaffung der Tiere und Pflanzen.
Singe ich, tanzen die Berge.

Die Poesie hat alles. Die Poesie hat Schönheit, sie hat Reinheit, Musik, Bilder, Sprache, sie hat die Freiheit und die Gabe, dich zu berühren und die Unendlichkeit spüren zu lassen. Das Jenseits. Die Unendlichkeit, die weder auf Erden noch im Himmel ist. Die Unendlichkeit in jedem einzelnen. Wie ein Fenster oben auf dem Kopf, von dem wir gar nicht wussten, dass es da ist, und das die Stimme des Poeten ein wenig öffnet, ein klein wenig, und dort oben, in diesem Spalt, da ist die Unendlichkeit.

Dieses Gedicht habe ich für meine Schwester Mia verfasst. Weil wir uns eines Tages nie mehr wiedergesehen haben.

GEDICHT FÜR MIA

Ich werde der Dünger deines Gartens sein,
die Tomatenpflanze, der Ohrenkneifer,
der Endiviensalat, das Unkraut.
Mein Herz, Mia, ist ein Stein.
Ich werde nach und nach zergehen,
wie Butter; den Rechen in der Hand,
vermischst du mich mit der Erde.
Mein Herz, Mia, ist ein Stein.
Ein Fels, rund wie eine Sehnsucht,
eine Faust, klein wie eine Liebe.
Es wird nicht nass, es bricht nicht,
mein Herz, Mia, ist ein Stein.
Das Haus, die Mutter, die Frauen und die Männer,
das Auto, die Hündin, der Fernseher, die Sonntage
strömen mir wie ein Fluss den Rücken hinab.
Mein Herz, Mia, ist ein Stein.
Aber ich habe eine Last auf der Brust, Erinnerung an einen
Steinbruch,
schweres Leid, trauriges Gedicht.
Schwesterlein dein,
mein Herz, Mia, ist ein Stein.

Dieses ist eines der Gedichte, auf die ich besonders stolz bin. Es ist kein trauriges Gedicht. Da darf man sich nicht täuschen lassen. Es ist ein melancholisches Gedicht. Weil einem die Schönheit manchmal den Atem raubt. Ich leide nicht unter besonderer Traurigkeit oder Melancholie, aber die Traurigkeit, die Melancholie, genau wie die Schönheit, sind wichtig für die Poesie.

Diese Dinge habe ich allein herausgefunden. Die Bedeutung der Melancholie für das Gewicht eines Gedichtes. Oder die Farben der Wörter und Verse. Als Dichter bin ich vor allem Autodidakt. Ein Besessener. Ein Dichter, der sich vorantastet. Und darauf bin ich stolz. Ich vermisse nicht das Gewicht der Tradition, das die mit sich herumschleppen, die gelesen und studiert haben. Aber das zu sagen, steht mir nicht zu. In einem anderen Leben habe ich ein bisschen Verdaguer und ein bisschen Papasseit gelesen. Das ist alles. In dem Buch von Verdaguer, das *Canigó* hieß und in der Kommode meiner Mutter lag,

Und höher und noch höher hinauf bis ich das Antlitz des Schöpfers sehe!

da gab es eine Passage, die ging so:

Dich will ich,
Bauer und Dichter.
Nimm dieses Buch
zur Feier unsrer Union.

In dem Buch von Papasseit, das *Das Gedicht von der Rose in den Lippen* hieß und das Mama in derselben Kommode aufbewahrte,

Nichts ist schäbig und keine Stunde garstig, noch ist finster das Schicksal der Nacht!

da gab es auch eine Passage:

Meine Lippen sind eine Rose
die sich deinem Kusse öffnet.

In beiden die Widmung:

Deine Sió

datiert am:

21. Mai 1964

dem Tag, an dem meine Eltern, Domènec und Sió, den heiligen Bund der Ehe schlossen. Meine Mutter verwahrte das Gedicht in der Schublade. An meinen Vater kann ich mich nicht erinnern. Mama sagte, er sei ein dichtender Bauer gewesen. Ich fragte sie, ob wir irgendeines von seinen Gedichten hätten. Mama sagte, dass er sie nicht niedergeschrieben, sondern laut aufgesagt habe. Da fragte ich sie, ob sie sich an eines davon erinnere. Und sie sagte nein.

Damals ärgerte mich das. Das schlechte Gedächtnis und die Nachlässigkeit meiner Mutter.

Jetzt aber denke ich, dass die Gedichte meines Vaters dadurch reiner sind, poetischer, absolut transzendental, viel bessere Gedichte.

Wie meine.

Diese beiden Gedichte habe ich für meine Eltern geschrieben:

Ich lasse Raum zum Atmen.

GEDICHT FÜR MEINE MUTTER

Komm, Mama, lass uns beieinander sein,
wie die Ziegel unseres Hauses,
wie die Bäume unseres Hauses,
wie Jesus und Josef und die Mutter Gottes.

Komm, Mama, lass uns reden
über Dinge, die im Wald geschehen, bei Nacht,
über Dinge, die im Herzen geschehen, bei Nacht,
und von den Blitzen, die den Himmel verbrennen und die
Ehemänner.

Komm, Mama, lass uns singen
Melodien, damit das Weinen schläft,
Weisen, damit die Lust sich tröstet,
Lieder, damit die Toten tanzen.

Die Inspiration, die liebe Gefährtin!, kommt aus fernen Zeiten und auch aus den Dingen in deiner Nähe. Du entsinnst dich deiner Kindheit oder des Tages, an dem du gestorben bist, oder jedes Morgens danach, oder du denkst an deine Mutter, oder betrachtest die Dinge, die du vor dir hast, die Nacht und die Steine, und die Inspiration kommt und füllt dir Wangen und Nase mit einer Freude süßen Weines.

Ich dichte oft im Gedanken an bestimmte Leute. Ich denke an jemanden aus meinem früheren Leben oder aus meinem jetzigen Leben und mache dieser Person ein Gedicht. Der freundschaftliche Beifall ist warm und wohltuend. Palomitas Händchen, die wie Nussschalen klingen, wie Musik. Ich finde es angenehm, zu schreiben und dabei an eine Person zu denken, das ist wie ein Geschenk. Weil die Stimme des Poeten ein Aufruf ist. Sie ruft die geliebten Menschen und die vergangenen Zeiten und die künftigen Zeiten herbei. Und diejenigen, die der Dichter benennt, versammeln sich und bilden einen Kreis, solange die Stimme ertönt, wie ein Feuer, das auflodert und wärmt und verbrennt, aber auch im rechten Moment erlischt.

Dies ist das erwähnte Gedicht für meinen Vater:

GEDICHT FÜR DEN HASENMANN

Du schläfst im Freien, wie die Hasen
ohne Haus, ohne Höhle, ohne Bau,
der freie Himmel deine Decke,
ein Gebüsch dein Unterschlupf.
Kleines Herz voller Furcht,
nie schließt du die Augen ganz,
verborgen zwischen Schatten
hüpfst du, fliehst du, stirbst vor Angst.
Wie ein Wurm, wie ein wucherndes Kraut,
bist von Wildheit du durchdrungen.
Die Worte hat's dir weggefressen,
die Erinnerungen, beide Kinder.

Ich erläutere meine Gedichte niemals.

Das nächste schrieb ich für den Rehbock, der uns an dem Tag entwischt ist, an dem Jaume mich versehentlich erschossen hat:

GEDICHT FÜR DEN ENTWISCHTEN REHBOCK

Lauf, Rehbock, flieg,
der Jäger wird kommen.
Durch das Loch, das er dir schießt,
wird dringen das Übel,
wird fliehen der Durst.

Lauf, Rehbock, flieg,
er wird dir die Hörner brechen,
und schließt du die Augen,
so weidet er dich aus,
und füllt dich mit Stroh.

Lauf, Rehbock, flieg,
fern von hier sind die grüneren Weiden,
da gibt es Ricken, klares Wasser,
gelbe Nachmittage,
kühlere Morgenstunden.

Diese letzte Strophe mag ich sehr.

Und von dem Gedicht für meine Mutter mag ich besonders die Zeilen, in denen es heißt:

Komm, Mama, lass uns reden
über Dinge, die im Wald geschehen, bei Nacht,
über Dinge, die im Herzen geschehen, bei Nacht,
und von den Blitzen, die den Himmel
verbrennen und die Ehemänner.

Das Gedicht, das jetzt kommt, ist ohne jeden Zweifel das Gedicht, das den längsten Applaus in der Geschichte der katalanischen Lyrik verdient:

GEDICHT FÜR DOLCETA, MARGARIDA, EULÀLIA UND JOANA

Dieses Gedicht soll euch sagen,
ihr Freundinnen
mit Fingern, so lang
wie Apfelsinenspalten:
Vielen Dank
für die Brombeeren,
die ihr uns gestern Abend gabt.
Sie waren gut und schwarz und süß
und wir haben sie
mit Wonne verspeist.

Manchmal singe ich meine Gedichte. Zum Spaß, zur Probe. Die Poesie ist auch ein Spiel. Ein Dichter muss verspielt sein. Die Poesie ist eine ernste Sache, eine der erntesten, die es gibt. Ernster als der Tod und das Leben und alles. Eine tiefgründige und lebenswichtige Angelegenheit. Und eben darum muss man imstande sein, zu spielen und zu lachen, und man sollte etwas von Ironie verstehen.

Dieses Lied habe ich für meine geliebte Palomita komponiert. Und schon das Gedicht besitzt so viel Rhythmus, das du es singst wie ein Lied, ob du willst oder nicht. Ich singe es in unterschiedlichen Stimmlagen und schneide Grimassen dazu, und Palomita lacht und lacht, klatscht in die Hände und ruft noch mal!, noch mal!, und nie bekommt sie genug von ihrem Lied:

GEDICHT FÜR MEINE HEITERE PALOMITA

Ich habe eine Taube,
die schön ist wie die Sonne,
sie hat sich wehgetan am Bein,
und einen Stumpf wie Blumenkohl.

Die Taube hat vieles gesehen,
das weit von hier geschah,
am Tage lacht und singt sie,
und hat des Nachts oft Angst.

Sie träumt von Falangisten,
von Pfaffen und Soldaten,
und ich sage, ist schon gut,
mein Vögelchen, sie sind ja weg.

Ich habe eine Taube,
die heiter ist wie Brot,
Brüderlein, so nennt sie mich,
und ich bin ihr *germà*.

DAS BRÜDERLEIN ALLER

Als die Bombe fiel, schnitt sie mir das Bein ab. Ratsch!

Ratsch! Nein. Da war Blut und Fleisch, und es roch nach versengten Schweineborsten, aber abschneiden mussten mir das Bein die Ärzte.

Ich wünschte mir einen großen Bruder und hatte nur zwei kleine Brüder wie erschreckte Spatzen, und ich nahm sie in die Arme und sagte ihnen, es gebe keinen Grund zum Weinen.

Ich weine nicht, denn ich mag den Wald und die Berge und alles, was es dort gibt. Und ich mag Hilari, der jetzt mein großer Bruder ist. *Germà*, sage ich zu ihm, *germà*, mein lieber Bruder Hilari, und weil er mich nicht bei der Hand nehmen kann, denn ich brauche beide Hände für die Krücken, legt er mir die Hand in den Nacken. Wie eine Schöpfkelle.

Als die Bombe fiel, starb Mama, und unsere Nachbarin Rosalía starb auch, und ich verlor das Bein und mein Bruder Juan einen Fuß. Mama und Rosalía und Tante Juani sagten, die Flieger kämen. Es waren Italiener. Sie sagten, wir müssten rennen, so schnell wir nur könnten. Über die Felder sollten wir laufen, zum Olivenhain. Als wir unsere Häuser verließen, kamen die Flugzeuge gerade an. Wir rannten, so schnell wir nur konnten, und die Bombe erreichte uns auf dem Fußballplatz. Wir rannten und rannten, und plötzlich schrie Mama, wir sollten uns flach auf den Boden legen, und haltet euch die Hände über den Kopf! Man hörte die Bomben in die Dächer einschlagen. Und alles war weiß, und alles war still, und das Pfeifen in den Ohren war gellend, denn man hatte uns bombardiert. Gezielt. Tante Juani war nicht unsere Tante, wurde aber von allen Tante genannt. Als Mama und Rosalía im Krankenhaus starben, sagte Papa kein Wort, und nachher brachten sie uns nach Lérida, dann nach Barcelona und dann, nachdem Juan und ich aus dem Krankenhaus entlassen worden waren, beide auf Krücken, zogen wir nach La Garriga.

Ich mag meinen großen Bruder, weil er die Antwort auf viele Fragen weiß und Gedichte kennt. Ich mag den Wald, weil er keine Angst macht. Weil er fröhlich ist. Weil keine Soldaten kommen, weil es keine Soldaten gibt und auch keine flennenden kleinen Brüder, die sich nicht trösten lassen. Die sagen, lass uns nach Hause gehen, bitte, bitte, lass uns nach Hause gehen. Und keine traurigen Papas. Nur meinen großen Bruder, Hilari, meinen *germà*, der der *germà* all derer ist, die seine Geschwister sein wollen. Ich will. Obwohl ich Juan und Pedro manchmal vermisse – meine kleinen Brüder wie weinende Spatzen, Spatz, dem ein Fuß fehlt – und mich freuen würde, wenn sie zum Spielen in den Wald kämen, zum Baden im Fluss, und unseren Bruder kennenlernen könnten und er ihnen sagte, jetzt werde nichts Schlimmes mehr passieren.

An den Krieg zu denken, macht traurig. Die Unsrigen sprengten sämtliche Brücken, damit die Nationalen in ihren Panzerfahrzeugen nicht weiterkamen und damit wir alle davonliefen wie Ameisen, selbst Mädchen auf Krücken und Jungen auf Krücken. La Garriga war ein sehr trübsinniges Dorf. Als Papa in der Zuckerfabrik arbeitete, roch er nach Karamell, als er in La Garriga als Wachmann arbeitete, roch er nach Kummer.

Dann bestiegen wir die Lastwagen. Richtung Frankreich. Später konnten keine Lastwagen mehr fahren, weil alles verstopft war von Gegenständen und Karren und Koffern und sogar stehengelassenen Autos. Mir gefiel es in den Bergen. Es war sehr kalt. Es gefiel mir besser als alles, was wir gesehen hatten, besser als unser Dorf und besser als Barcelona und Lérida und La Garriga und alles andere. Es gefiel mir, denn wenn du die Bäume und den Schnee und die Gipfel anschautest, konntest du den Krieg vergessen und auch das Schluchzen der kleinen Brüder wie Spatzen und die Angst und alles. Als wäre der Schnee Bleichlauge. Sauber, so sauber. Doch man darf den Kopf nicht hängen lassen. Ich weine nie. Nur manchmal im Traum. Aber dafür kann ich nichts. Das ist wie wenn du träumst und dabei ins Bett pinkelst. Wenn ich aufwache und im Schlaf geweint habe, kauere ich mich zusammen wie eine Taube, damit mein Brüderlein mir das Lied von der Taube vorsingt, die ich bin.

Wir haben ein Häuschen, mein Bruder und ich, das ist wie ein rundes Loch an einem Abhang. Es ist wie ein Zahn, unser Haus, wie ein spitzer Zahn, der zwischen Bäumen und Gesträuch aufragt. Im Herzen dieses Häuschens schlafen wir, da ist es wie in einer Höhle, wie in einem Bett. Und wenn wir aufs Dach klettern, sehen wir unten das Tal und die vielen Bäume, Hand in Hand wie die Wollmaschen in einem Pullover, und oben die Schwesternberge und den Fluss, den man nicht sieht, aber hört, und vom Dach aus, das kein Dach ist, sondern ein spitzer Felsen, gucken wir manchmal in den Mond. Ich sage Häuschen zu unserem Haus. Die Frauen nennen es Roca de la Mort, was Todesfelsen bedeutet. Einmal habe ich meinen großen Bruder gefragt:

»Warum heißt unser Haus Todesfelsen?«

Er hat mir geantwortet:

»Warum heißt du Eva?«

Und ich hob die Schultern, denn das hatte man mir noch nie jemand gesagt. Meine Mama hieß Elena, mein Papa Israel.

Mein großer Bruder sagte, nichts und niemand wähle seinen Namen selbst. Es heißt Todesfelsen, weil die Leute es so nennen. Es heißt auch Häuschen, wenn du es so nennst. Dinge heißen, wie die Leute sie nennen.

Und ich erwiderte:

»Wenn es nur dein und mein Haus ist, dann können nur du und ich es Häuschen nennen.«

»Ja«, sagte er, »es gibt Namen, die nur von ganz Wenigen benutzt werden können.«

Wie Brüderlein.

Als wir den Pass erreichten, der weit oben ist, weit weg von unserem Stückchen Wald und unserem Häuschen, mussten wir drei Tage auf die Öffnung der Grenze warten. Ich hatte noch nie eine Grenze gesehen. Warten war ermüdender als gehen.

Später hörte Papa, dass im ersten französischen Dorf die Kinder von ihren Eltern getrennt würden, und wir versteckten uns. Zwei Nächte schliefen wir in einem Stall. Wie Hühner. Wie Schäfchen. Im Stroh. Und es roch nach Mist, aber angenehm. Nach Futter. Meine Brüder wie Spatzen heulten und heulten, weil sie nach Hause wollten, bitte, Papa, bitte, bitte, sagten sie. Und es schneite. Dann erschien ein französischer Herr, dem ein Fuß fehlte, wie Juan. Er kam, um uns zu helfen. Und brachte uns in die Schule. In die Schule eines französischen Dorfes. Aber in dieser französischen Schule wurde nicht mehr gelernt, man schlief dort und wartete. Frankreich war ein sehr trauriges Land. Und dann wurden Papa und ich krank, und sie brachten uns noch einmal ins Krankenhaus. Papa und mir war die Kälte in die

Brust gedrungen, als schneite es in unserem Herzen. Und als ich genesen war und wieder zu mir kam, denn sterben und genesen ist manchmal dasselbe, kehrte ich zurück in die Berge. Mein Papa war so traurig, als er starb, dass er in dem Krankenhaus blieb. Es war ein Krankenhaus für Traurige. Und Juan und Pedro, die nun Waisen waren, wurden von Großvater Nono und Großmutter Nona abgeholt und mit zurück ins Dorf genommen, wie sie es sich gewünscht hatten.

Ich ging allein in den Wald zurück, denn es war ein ruhiger, fröhlicher Wald auf einem fröhlichen Berg für eine fröhliche Taube. Ich kam dort an, und alles roch sehr stark. Und die Tiere summten sehr laut. Ringsum, bssss, bssss, Bienen und Hummeln und noch dickere Hummeln und Fliegen und Schmeißfliegen und Mücken, wie ein Fest. Und das Gras war grün und gelb, und die Blumen waren weiß und lila und blau und rosa. Und der Himmel war knallblau. Und der Fluss eiskalt. Als wir flohen, konnte man den Fluss kaum sehen. Als fürchtete auch er sich und wollte sich verstecken, war nur sein Murmeln zu hören wie ein ängstliches Wispern. Doch sobald du ihn einmal gefunden, ihn einmal gesehen hattest, war er da. Er gehörte dir. Und ich badete und bade noch immer jeden Tag im Fluss, denn das eisige Wasser sticht wie Messer, und das Herz fühlt sich beglückt. Ich bade jeden Tag, und das Wasser ist jeden Tag anders. Manchmal sind die Messer größer. Manchmal sind sie ganz schmal. Und ich spiele mit den Blutegeln und Fröschchen, so klein, so winzig klein, und den Kaulquappen und den Wasserläufern. In meinem Dorf gab es keinen Fluss. Mein Dorf war sehr traurig. Und ich lasse mich von der Sonne trocknen. Manchmal fliegen die Fische. Manchmal kommen die Frauen zum Baden und schenken mir Heidelbeeren. Sie sind nett, die Frauen.

Wenn sie mich sehen, machen sie pssst, pssst, als wäre ich ein kleines Tier. Und ich mache miaaau, miaaau, und sie lachen; piuuu, piuuu, buup, buup, und sie klatschen mir Beifall und greifen nach meinen Haaren und fassen meinen Beinstumpf an. Sie sind lustig und vergnügt, die Frauen, aber ich wollte nicht bei ihnen leben, ich wollte allein leben und jeden Tag im Fluss baden. Und Forellen jagen. Mit blauen, reglosen Händen. Und blitzartig, schwupp!, ist die Forelle draußen. Köstliche Forelle aus dem fröhlichen Fluss. Und Schiffchen schwimmen lassen! Schiffchen aus Hölzchen und Gras, die über Steine und Stromschnellen den Fluss hinuntertreiben. Ich folge ihnen am Ufer entlang, aber nie bis zu dem Dorf mit der hübschen Brücke. Im Dorf fragte ich einen Herrn mit Schnurrbart, wer den Fluss gebaut habe, und er sagte Gott. Dann fragte ich den Herrn, wer die Brücke gebaut habe, und er sagte, *el diable. El diable* ist der Teufel. Und ich sagte, was *el diable* doch für hübsche Brücken baue. Der Teufel hätte alle Brücken von Spanien bauen sollen. Alle Brücken wieder aufbauen, die die Unsrigen zerstört hatten. Und er sah mich tieftraurig an, als wollte er sagen »halt den Mund, Kleines«, aber er sagte nichts. Die Schiffchen kommen immer vor mir an, denn mit den Krücken renne ich sehr langsam. Jetzt habe ich nur einen Schuh und einen Strumpf. Früher hatte ich zwei.

Ich bin nicht die Einzige, die in den Wald zurückgekehrt ist. Immer sind Leute unterwegs auf dem Pfad, über den wir nach Frankreich flüchteten. Jeden Tag dieselbe kleine Wegstrecke. Ihre Habe geschultert, die Miene ernst. Ein paarmal lud ich sie ein, mit mir im Fluss zu baden, und sagte ihnen, in den Bergen gebe es keinen Krieg, Kriege hätten ein Ende, aber die Berge niemals, die Berge seien älter als der Krieg, weiser als der Krieg, und wer tot sei, könne kein zweites Mal getötet werden. Aber sie wollten nicht baden. Mein Bruder nennt sie Republikaner. Die Republikaner sind wie ich.

Eines Tages, als ich zum Fluss kam, badete gerade mein Bruder. Allerdings hatte ich ihn noch nie zuvor gesehen. Es gibt zwei Kolke im Fluss. Einer ist nah, der andere weit weg. Der erste liegt dauernd im Schatten. Aber er ist tief, und du kannst vom Felsen springen, und die Strömung ist schnell, und du kannst Schiffchen schwimmen lassen und Steine rücken, um Staudämme zu bauen. Das Wasser ist immer kalt. Auf der anderen Seite ist eine Wiese, auf der manchmal Rehe äsen. An dieser Stelle gibt es immer Kaulquappen, und du kannst über einen steilen Hang hinuntergelangen. Der ist so steil, dass dort kein Gras wächst, nur Eichen und Tannen und Brennnesseln. Oder du machst einen Umweg durch die Wiesen, überquerst ein paar Bäche und Wildschweintümpel. Das hängt davon ab, wie eilig du es hast. Ich rutsche den Steilhang auf dem Po hinunter und nehme die Krücken, um Brennnesseln wegzudrücken und Bäumen auszuweichen.

Die andere Badestelle ist weiter entfernt. Du musst nach dem ersten Kolk noch ziemlich lange gehen. Auf diesen zweiten scheint ständig die Sonne, und es gibt dort fliegende Fische. Das Wasser ist ruhiger und weniger tief, aber geeigneter zum Fischefangen, du hast mehr Platz zum Schwimmen, und das Wasser ist stiller. Ich kann nicht schwimmen, aber ich bringe es mir jetzt bei. Um in das Becken zu kommen, musst du einen Hügel hinunterklettern, und es ist felsig. Ich werfe die Krücken zwischen die Felsen, und manchmal fallen sie ins Wasser, und dann krieche ich wie eine Eidechse hinterher. Einmal bin ich direkt ins Wasser gefallen, habe mir aber nichts getan. Ich bade nackt, weil ich mich nicht schäme. Und weil mir niemand zusieht. Und weil die Frauen, die pssst, pssst machen, und die anderen Frauen aus der Höhle auch alle nackt baden und niemand sich schämt. Gern hätte ich die Schenkel und Brüste meiner Mama gesehen. Meine Mama war fröhlich. An dem Tag, als ich meinen großen Bruder kennenlernte, badete er nackt. Auf dem Rücken, die Augen geschlossen, ein Lächeln im Gesicht und mit im Wasser schwebendem Pimmel. Sein Pimmel war wie der von Juan oder Pedro, nur mit Haaren. Und er hatte sehr weiße Haut und glänzte wie ein Fisch. Nicht dass er mich erschreckt hätte, aber ich hatte noch nie einen Mann im Fluss gesehen. Hier waren nur die Frauen und ich. Als ob die Männer alle traurig wären.

Hey!, sagte ich. Hey, du! Und er kam auf die Beine. Das ist mein Badeplatz! Wie damals, wenn größere Kinder Juan und Pedro ihre Spielsteine wegnahmen. Hey, du, Blödmann, gib ihm den Stein zurück! Der Mann stieg aus dem Wasser und setzte sich ans Ufer. Zuerst zögerte ich, mich auszuziehen und zu baden; ich wollte nur dastehen und auf das Wasser aufpassen wie ein Schießhund. Dann aber dachte ich, dass es ja schließlich mein Kolk war, ich also tun konnte, was ich wollte, und ich legte meine Kleider ab und ging schwimmen. Er blieb nackt am Ufer sitzen, den ganzen Hintern und die Schenkel lehmverschmiert. Und als ich mich überraschend umwandte, sah ich, dass er den großen Zeh ins Wasser hielt, und da sagte ich, du kannst reinkommen, wenn du willst, aber es ist mein Badeplatz. Und er kam rein. Und nachdem er gebadet hatte, ging er nicht mehr fort. Er hieß Hilari und war nicht gern allein. Er wusste eine Menge über diese Berge, weil er hier früher gewesen war, und er kannte Gedichte, Geschichten und Lieder. Ich war glücklich, solange ich allein im Wald lebte. Ich mochte den Wald und die zeitweilige Gesellschaft der Frauen, der Rehe und Kaninchen. Bis ich meinem Bruder begegnete, als der in meinem Kolk badete, und er bei mir blieb. Eines Tages stellte ich ihn den Frauen vor und sagte ihm, du musst Tierlaute von dir geben, und er machte muuuuuh, muuuuuh, wie eine Kuh, und das gefiel den Frauen, und immer winken sie uns schon von Weitem zu und schenken uns manchmal Früchte, und wenn wir viele Forellen gefischt haben, schenken wir ihnen welche. Und ich zeigte ihm auch die anderen Frauen, die aus der Höhle, und er sagte, die kenne er schon, und ich sagte, er dürfe sie nicht stören, und er sagte einverstanden.

Heute weckt mich mein Bruder auf und sagt, er müsse mir etwas zeigen. Beeil dich, Palomita, beeil dich, das musst du dir ansehen! Rasch schnappe ich mir meine Krücken, setze mich auf den Felsen und verlasse die Höhle auf dem Po. Unser Häuschen liegt ein bisschen erhöht. Wenn ich raus will, nehme ich die Krücken und werfe sie nach draußen auf den Boden, der von Gras und Laub immer weich gepolstert ist, und rutsche den Felsen hinunter wie auf einer Rutschbahn. Ich bin ein einbeiniger Grashüpfer, der sich nie verletzt. Um wieder in unser Häuschen zu kommen, packe ich als Erstes die Krücken und werfe sie hinein. Klack, klack, schlagen sie gegen Wände und Boden. Dann kralle ich mich an die Felsen, die überall Beulen und Ohren haben, an denen ich mich festhalten kann, presse den Bauch wie ein Frosch an den Stein, und hänge zunächst nur an den Händen. Ich habe viel Kraft in den Armen. Dann schwinge ich den Fuß mit einem kleinen Hüpfer auf den Felsen, und wenn ich sicheren Stand habe, greife ich mit den Händen ein Stückchen weiter nach oben in Richtung der Bogenöffnung unseres Häuschens, ein weiterer Hüpfer, und schon erreichen meine Hände den Boden unseres gemütlichen Schlafplatzes, noch ein Hüpfer, und ich kann die Ellbogen auflegen, mich hochstemmen und bin drin. Ich brauche dazu keine Hilfe.

Nur wenn ich sehr müde bin, lasse ich mich von meinem Bruder tragen.

Der Morgen ist frisch und früh und die Sonne schön warm. Mein Bruder wartet im Gebüsch, bis ich aus dem Haus komme, läuft dann vor mir her und bleibt ab und zu stehen, damit ich aufholen kann. Er dreht sich um und schaut nach mir und schaut zum Himmel und läuft weiter.

Heitere Palomita, flüstert er mir zu, du liebe Gefährtin. Wenn mein Bruder mir die Hand in den Nacken legt wie eine Kelle, ist es, als nähme er mich bei der Hand, um mich mitzunehmen. Manchmal, die Hand wie eine Kelle, sagt er ein Gedicht auf. Oder er erzählt mir vom *Pica-soques,* dem Klopfspecht. *Pica-soques, pica-soques, pica-soques, pica bé.* Hilari ist mein großer Bruder, aber er ist ein sehr kleiner großer Bruder, der zu mir sagt Palomita, guck mal. Palomita, komm her. Palomita, das muss ich dir zeigen. Palomita, leistest du mir Gesellschaft?

Jetzt sagt er:

»Palomita, du darfst keinen Krach machen.«

Ich kann sehr leise sein. Die Krücken setzen so lautlos auf dem Boden auf wie Vogelfüße.

»Wir sind gleich da«, raunt er.

Wir bewegen uns zwischen Bäumen und Gesträuch, über den Hang, unter den Ästen hindurch. Und er sagt:

»Tssst, tssst, siehst du ihn?«

Ich sehe nichts.

»Da«, sagt er, »da.«

Ich sehe braune Blätter, gelbe Blätter, grüne Blätter, und graue und braune und grüne Stämme, und dann sehe ich ihn. Ich hatte ihn noch nie gesehen. Es ist ein Mann wie ein Hund. Wie ein Verrückter, der in meinem Dorf lebte und anständigen Damen Nutte, Hure! hinterrief. Mit langen, schmutzigen Haaren und krummen Nägeln. Er ist mager und gebückt und nackt, und wir sehen sein gesamtes Hinterteil. Es ist schmutzig. Sein Kopf ist am Boden. Wir gehen ein bisschen näher. Er isst Gras. Und dann gräbt er das Gesicht in die schwarze Erde und isst Erde. Gras mit Erde. Wurzeln. Würmer.

»Dieser Mann ist mein Vater«, sagt mein Brüderchen.

Mein Vater hieß Israel. Meine Mama Elena.

»Wie heißt dein Papa?«, frage ich.

»Domènec«, antwortet er.

Und ich sage ihm nicht, dass sein Papa Erde isst, denn er hat es ja gesehen.

III

DER STOSS

Mich behelligt nicht. Blind, wie ich bin. Immens, wie sie mich gemacht haben. Taub, so ohrenbetäubend war das Geborenwerden. Damit habt ihr nichts zu tun, weder mit meiner Stimme noch mit meinen Perspektiven. Lasst mich in Frieden.

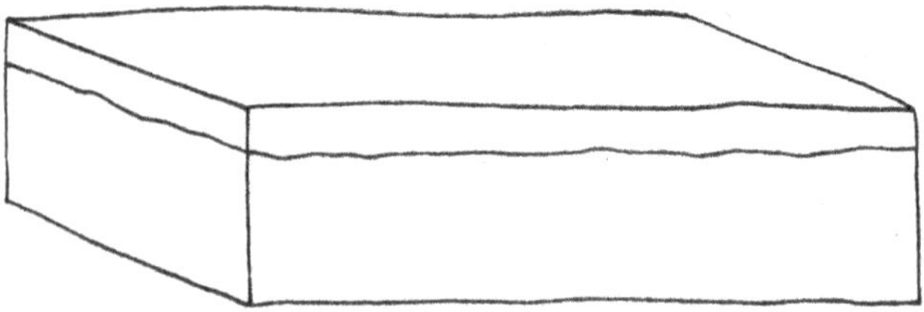

Mein Schlaf ist so tief, dass er bis unter die Meere kriecht. Das Meer bedeckt mich, schon seit Jahrtausenden, und ich erinnere mich kaum. Blind und taub und verschlafen, wie ich bin. Hinaus, hinaus. Wachst, ihr Moose. Vermehrt euch, ihr Tierchen, das Tapp-tapp eurer Füßchen wiegt mich ein, das Krack-krack eurer Wurzeln gibt mir Geborgenheit. Nichts wird lange währen. Gar nichts. Die Stille nicht. Das Unheil nicht. Das Meer nicht. Auch nicht eure hässlichen Kinderchen. Oder die Erde, die eure schwächlichen Füße duldet.

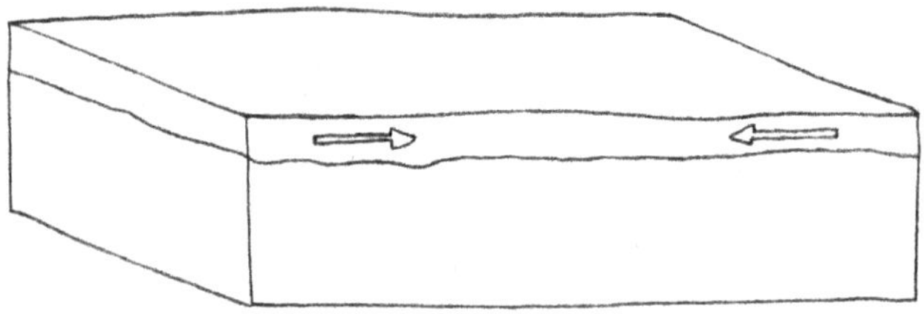

Ach, könnte ich mich doch bloß an den Stoß erinnern.

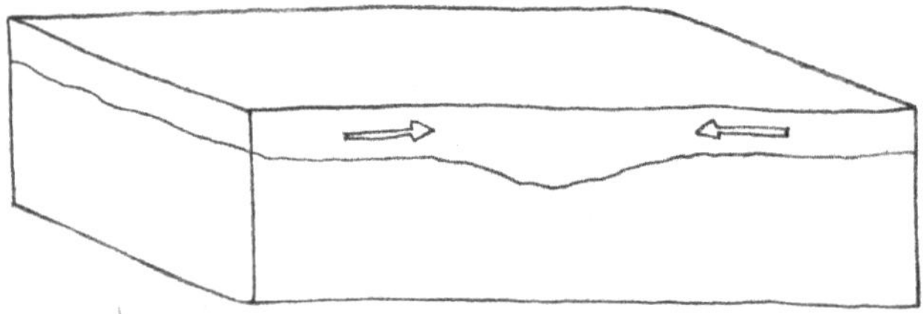

Das furchtbare Erwachen.

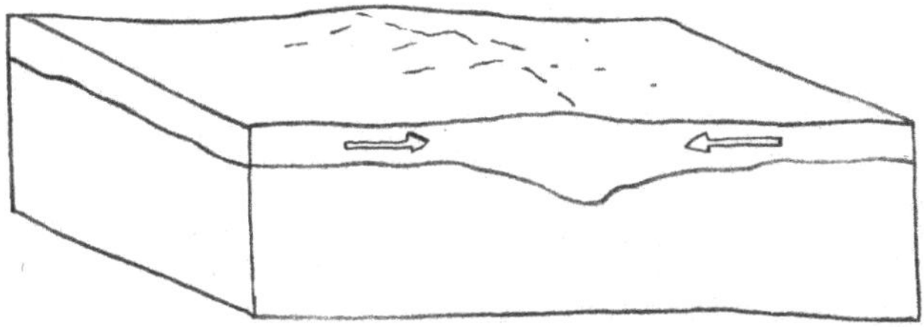

Wenn ich mich anstrengen und mir das ohrenbetäubende Knirschen in Erinnerung rufen würde. Die glühende Tiefe, rot und unbeherrschbar. Wenn ich mich des langsamen, schrecklichen Aufeinandertreffens entsinnen würde, der blinden zerstörerischen Gewalt, des Rüttelns und Bebens, der Säulen aus Feuer und Staub, der Felssplitter, die bis tief ins flüssige, heiße Gestein geschleudert wurden.

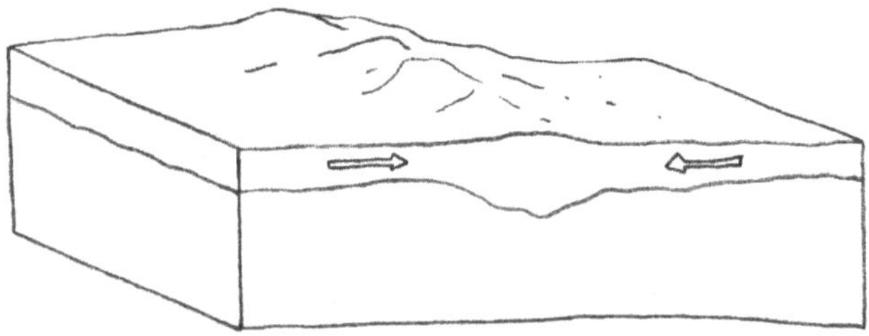

Wenn ich daran dächte, wie wir eure Beinchen absprengten. Wie wir eure notdürftig an Erdklumpen gekrallten Wurzeln ausrissen. Wie wir euer Haus vernichteten, das nie mehr wurde, was es einmal gewesen war. Wenn mir wieder einfiele, wie ihr umkamt. Wie ihr alle umkamt, die ihr nicht fliegen konntet, alle, die ihr nicht davonlaufen konntet, alle, die ihr zu massig wart, zu schwer, zu dumm, zu schwach.

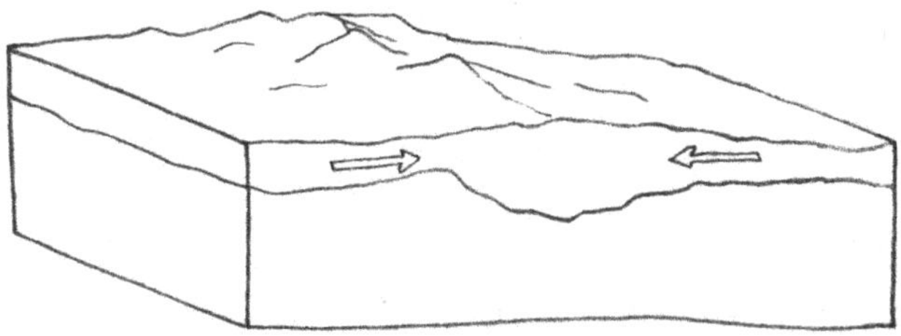

Wie ihr untergingt, während wir uns emporschwangen. Hoch hinauf. Tonnenweise Felsen und Erde, Granit, Gneis und Kalzit. Zum Himmel erhoben wir uns aus der Tiefe. Mit aller Beharrlichkeit, mit aller Geduld, mit aller Langsamkeit, mit aller Zerstörungswut. Eine dunkle Kraft sandte uns nach oben, brachiale Gewalt trieb uns in die Höhe, der Fels bäumte sich auf, die Erde schob sich übereinander, türmte sich auf, legte sich in Falten, barst.

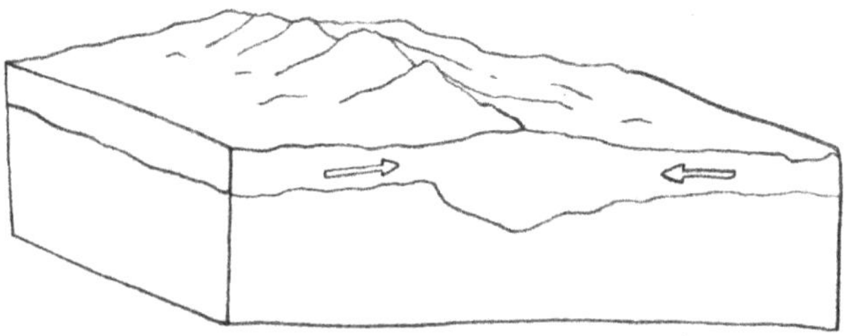

Jetzt lasst mich in Ruhe schlafen, ihr entwurzelten Sprösslinge, ihr Unkräuter, ihr schmächtigen Gewitter, ihr traurigen Bäume. Es kamen neue, von euch kommen immer neue nach. Um Nester zu bauen und Höhlen zu graben und mit den Hufen zu stampfen. Um grüne Triebe aus gespaltenen Bäumen wachsen zu lassen. Und meine Felswände und meine Gipfel und meine Kämme werden neue Schlupfwinkel für euch haben, ihr armseligen Pechvögelchen, ihr.

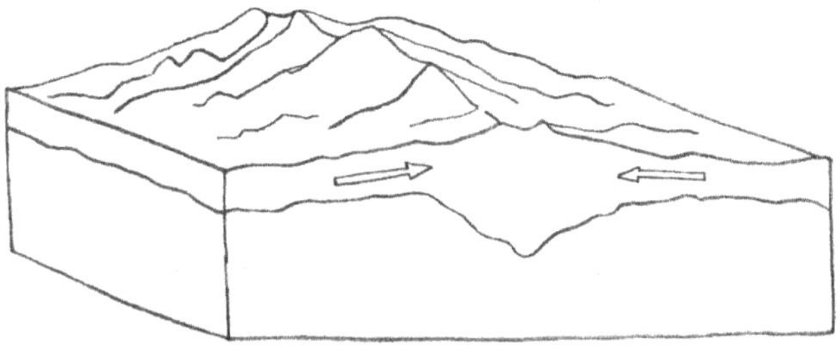

Kommt her, kommt, ich überlasse euch ein Stückchen von meinem Rücken, damit ihr euch ein Haus darauf bauen könnt.

Aber zwingt mich nicht weiterzureden. Ruhe. Es reicht.

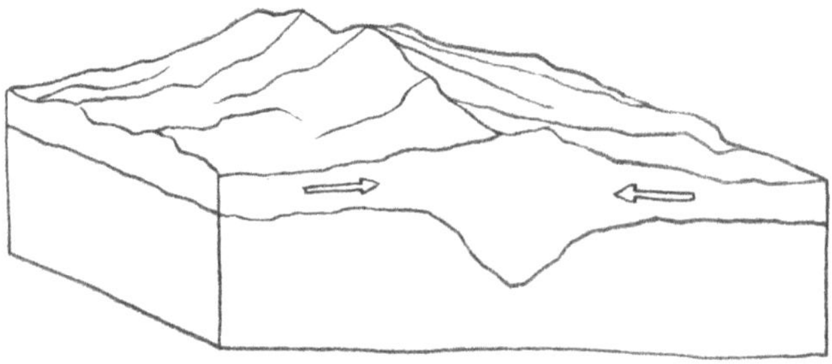

Zwingt mich nicht, euch zu sagen, dass dann, wenn ihr eure Wurzeln tief in mich hineingebohrt habt, wenn ihr es in eurem Bau behaglich, sicher und gut habt, wenn ihr euch an meinem frischen Wasser gelabt, die Äuglein geschlossen und euren Kindern Namen gegeben habt. Dann wird wieder das Poltern einer blinden Gewalt erschallen, die viel älter ist als ich, viel unendlicher als ich, viel erbarmungsloser als ich. Und die mit neuer Wucht zuschlagen wird.

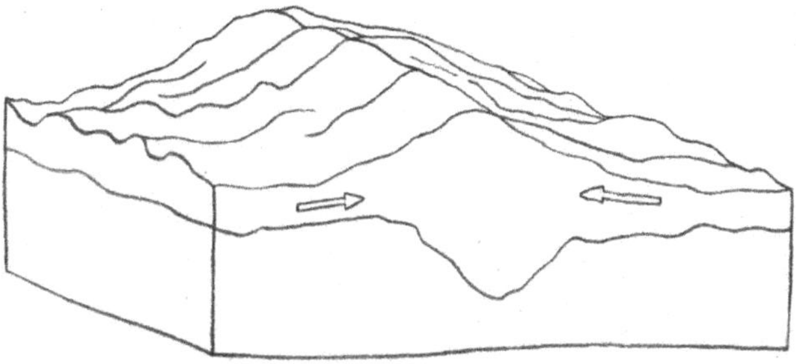

Die Kontinente werden sich aufbäumen über ihren Fundamenten. Die Felswände werden bei jedem Erdstoß ächzen, der Himmel wird sich jäh verdunkeln, Lavaströme werden fließen und alles in Brand setzen, das Meer wird zitternd zurückweichen, während die Vulkane ausbrechen und die Luft sich mit Rauch und Asche füllt. Die Berge, die wir gewesen sind, die Häuser und Nester und Baue, die Terrassenfelder und Gipfelkämme, die wir gewesen sind, werden wir nicht mehr sein. Und unsere Überreste, unsere Trümmer, unser Schutt werden Täler und Ebenen bilden, Tonnen von Geröll, das im Meer versinkt, neue Berge.

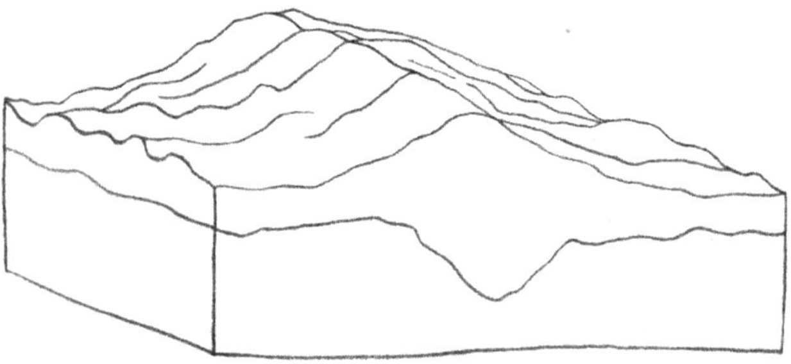

Die Bewegung wird ein weiteres Mal begonnen haben. Das Verhängnis. Der nächste Anfang. Das zigste Ende. Und ihr werdet sterben. Weil nichts lange währt. Und an den Namen eurer Kinder erinnert sich niemand.

GEBURTSHILFE

Alle Geschichten sind erlogen. Hör auf mich. Alle Geschichten, die man erzählt. Die, in denen behauptet wird, wir seien böse. Erlogen. Die, in denen behauptet wird, wir seien lieb und schön wie Silber und alle Männer so hingerissen von uns, dass sie sich ins Wasser stürzen. Erlogen. Die, in denen wir als mysteriöses Mysterium bezeichnet werden, erlogen. Lügner sind die meisten Menschen. Diejenigen, die Geschichten erfinden, und diejenigen, die sie erzählen. Die uns stutzen und stauchen und in Worte pressen, damit wir so sind wie die Geschichte, die sie erzählen wollen, mit der Moral, auf die sie hinauswollen. Gestutzt und geschrumpft, damit wir in ihre winzigen Gehirne passen. Die zwar dumm und klein, dafür aber nicht weniger böse sind.

Blanca, deine Mutter, bewegte sich watschelnd wie eine Gans und schob überall ihren immer dickeren Bauch vor sich her. Ihr Leib war prall und fest wie ein Trommelfell, und ihre Brüste waren groß geworden und würden bald Milch geben. Es war wie Magie. Wie wahre Magie, denn aus ihrer Vulva wird ein vollständiges Menschlein kommen, mit sämtlichen Nägeln, mit Augen und Zunge, das du sein wirst. Eine süße kleine Heulsuse, weil in den Augen ihrer Mütter alle Kinder süß sind, und weil du ein wirklich süßes Mädchen sein wirst.

Deine Mutter Blanca wünschte sich Gesellschaft. Vorher. Sie suchte sich einen Mann. Und fand einen. Sie fand einen starken Mann, der auf dem Feld arbeitete, mit sehr großen, zupackenden Händen, seine Haut war dunkel wie die Nacht und seine Augen schwarz und gelb, weil er traurige Dinge gesehen hatte und sehr weit fort war vom Land seiner Geburt. Sie liebten sich abends, Blanca und dein Vater, immer unter den Bäumen im Gras. Blanca legte ihm die Hände auf die Brust, und er sagte sieh nur, wie ein Schmetterling, in einer anderen Sprache. Doch Blanca wollte keinen Mann mehr retten, nachdem sie so viele Jahre lang Männer hatte retten wollen. Nicht einmal mit nach Hause nehmen wollte sie ihn. Sie wollte nur seinen Samen, um eine Tochter zu haben, braun wie eine Kastanie. Voller Lachen und Ideen. Eine wirklich hübsche, weil es eine aus Fleisch sein wird. Wie der Vater. Nicht weiß und silbrig wie eine Lilie. Nein. Aus echtem Fleisch wird sie sein. Du kannst hineinbeißen! Grrrarr.

Viele Tiere gebären nachts. Stuten gebären nicht, solange du zuschaust, um das Fohlen vor deinem Blick und deinen Absichten zu schützen. Blanca aber kommt morgens nieder. An einem kalten Frühlingsmorgen. Du, in ihr, hast dich still verhalten, in Bereitschaft, und ihr ganzer Leib hat sich in einem heftigen Krampf zusammengezogen. Es kommt, hat sie gesagt. Und wir haben sie hinten in der Höhle auf Decken und Laken gesetzt, und alles ist ihr zu warm. Und dann ist der braune Pfropfen herausgekommen, und danach Wasser und Wasser und Wasser, als wäre ihre Vulva eine Quelle. Und du, die du nicht mehr schwimmen kannst, wirst jeden Augenblick da sein, und Alba und Flora laufen los, um die Frauen zu holen, die sich darauf verstehen, Kindern auf die Welt zu helfen.

Ich bleibe bei Blanca und sage ihr, sie solle mit den Wehen atmen, und halte ihr die Hände, wenn sie es erträgt. Ich gebe ihr Thymian-Tee. Und setze mehr Wasser auf und lege mehr Decken zurecht, und Blanca stöhnt ab und zu, und dann sagt sie, ich bin glücklich, ich bin glücklich, es geht mir gut, ganz wirr im Kopf. Gleich werden wir ein Baby zum Spielen haben.

Die Sonne erreicht die Mitte des Vormittags, und Blanca kriecht auf allen Vieren. Sie krümmt sich und schnauft und bewegt die Hüften hin und her und sagt, es kommt immer öfter und tut immer weher, und ich sage, atme, atme, Blanca, und entsinne mich der anderen Male. Der Male, die ich Babys im Bauch getragen hatte. Drei, wie drei Sterne. Und ich sage Blanca, weißt du nicht mehr, wie es beim letzten Mal war, als du ein Baby im Bauch hattest? Und Blanca erwidert, den Schmerz vergisst man so schnell …, und sie lächelt schwach, und dann macht sie autsch … und drückt beide Hände flach auf den Boden.

Meine Kinderchen hatten Haar wie nasses Stroh, erzähle ich ihr. Der Mann, der keinen Namen mehr hat, weil ich den ausradiert habe, als er die Hand gegen mich erhob und sagte, was musste ich auch ausgerechnet an ein Wasserweib geraten!, und hart zuschlug, auf meinen Kopf und meine Wangen und meine Brust. Dieser Mann sagte, Kinder gehörten den Vätern und nicht den Müttern. Und ich sagte, das stimmt nicht. Ich sagte, ich hätte sie so lange in mir getragen, in mir seien sie entstanden, und aus mir seien sie herausgekommen, aufgebrochen hätten sie mich wie ein Ei, das sich nie mehr schließen würde. Und er brüllte, halt den Mund, halt ja den Mund, du Nutte, du Flittchen. Und ich erklärte ihm, meine Kinder würden wie Vögel sein, und sie würden ihn nicht lieben. Und er drohte, wenn ich zurückkäme, werde er sie alle drei töten. Doch meine Kinder wuchsen heran und wurden wie Vögel und gingen ihrer Wege. Dieses Baby wird uns gehören, sage ich zu ihr.

Da kommen Alba und Flora mit einer Frau, die sich darauf versteht, Kindern auf die Welt zu helfen. Es gibt immer vier

Frauen, die sich damit auskennen. Und alle haben sie weißes Haar. Joana, die das Sagen hat, trägt die Haare lang und offen, sie hat strenge Züge und spricht nicht, aber ihre Augen sind voll von Dingen, die sie weiß. Die, die ständig lacht, heißt Dolceta, sie hat die Haare zu Zöpfen geflochten und ist Blancas Freundin, weil sie alle gern lachen und scherzen. Dann ist da noch Margarida, die immerzu weint. Und Eulàlia, die uns Märchen erzählt. Sie erzählt uns Märchen, die uns gefallen, weil sie nie weder im Tonfall noch aus dem Blickwinkel jener Männer sind, die die bösen Geschichten schreiben.

Die Frauen, die sich darauf verstehen, Kindern auf die Welt zu helfen, leben im Wald, in der Höhle, in der sie schlafen, war ich jedoch nie. Eulàlia hat mir einmal gesagt, es sei keine Höhle wie unsere, sondern die Höhle einer Räuberbande. Kann aber sein, dass sie schwindelt.

Die Frau, die sie heute mitbringen, hat kurzes weißes Haar und trägt einen lila Kittel mit Gürtel. Alba geht vorweg, Flora bildet die Nachhut, und die Frau folgt, leichtfüßig und gelassen wie ein Kaninchen.

Ihr Gesicht ist gütig und wach. Sie betritt die Höhle, und Blanca streckt ihr die Hände entgegen wie ein Kind, das auf den Arm genommen werden will.

Wir sind da, das ist sie, sagt Alba, und die Frau nähert sich Blanca, fasst nach ihren Händen und sagt leise, wir Tiere wissen, wie das mit dem Gebären geht. Wir wissen es von Natur aus. Und wir Menschen sind Tiere, aber manchmal vergessen wir alles, auch, dass wir Tiere sind. Achte auf das Kind, achte auf den Schmerz. Halt dich am Felsen fest, sagt sie. Atme, sagt sie.

Und Blanca überlässt sich der Frau, die sich darauf versteht, Kindern auf die Welt zu helfen, wie einer Mutter. Jetzt zieht Blanca sich aus.

Gut so, gut so, sagt die Frau, nackt wie ein Tier. Wie heißt du, mein Tierchen?, fragt sie.

Und Blanca sagt Blanca.

Wo hast du gelernt, Kindern auf die Welt zu helfen?, fragt sie und stöhnt.

Indem ich Kühen beim Kalben geholfen habe, antwortet die Frau. Und ich habe selbst zwei Kinder, sagt sie. Das erste wie eine Ähre, das wollte und wollte nicht raus. Das zweite wie ein Frosch, das kam ganz von allein.

Sie tastet Blancas Leib ab.

Es kommt mit dem Gesicht voran, sagt sie. Kälber kommen zuerst mit den Beinen.

Blanca schreit nicht, sie hält die Luft an, klammert sich an die Wand und stöhnt, ein langes, gequältes Stöhnen, das sich ihrem tiefsten Inneren entringt; das Gesicht schweißnass, das Haar an den Kopf geklebt und die Hände ganz weiß, so fest krallt sie sich an den Stein.

Die Frau befühlt sie, sieht sie an und sagt, du bist weit offen, gleich werden wir das Köpfchen sehen. Blanca geht auf alle Viere und keucht. Zu uns sagt die Frau, bringt mehr Tücher und mehr Wasser. Und wir bringen mehr Tücher und mehr Wasser, und Blanca stöhnt und knirscht mit den Zähnen, immer öfter, bis sie mit einem Mal einen Laut ausstößt, der mit einem Aaaah beginnt, einem nach innen gerichteten Aaaah, einem leisen, brüchigen Aaaah, das wehtut beim Zuhören.

In die Hocke, in die Hocke, die Füße auf den Boden, als wolltest du kacken, sagt die Frau, und Blanca hebt die Knie und setzt die Füße flach auf den Boden, und die Frau fügt noch hinzu, gleich geschafft, ich kann das Köpfchen schon sehen.

Blanca sagt, ich habe Angst. Und die Frau sagt, hab keine Angst, und sie sagt es überzeugt und streng, und Blanca presst. Die Frau kniet sich hinter sie und verharrt dort, beide

Hände unter Blancas Leib. Den einen Arm von vorn, den anderen von hinten um Blancas runden, weißen, prallen Hintern gelegt, hält die Frau ihre Hände an die Quelle, der das Leben entspringt, als wollte sie Trauben pflücken oder in der hohlen Hand Wasser auffangen, und da erscheint der Kopf ganz. Atme, atme, sagt sie, jetzt kommen die Schultern. Und sie umfasst den Hals des Kindes, das wie ein Fisch, noch in seiner Hülle und ganz lila ist, und die Schultern gleiten heraus. Mit dem Unterarm hält die Frau den kleinen Rücken und mit der anderen Hand den Po, der rasch folgt, dann die Beinchen, klein und gebeugt und perfekt. Blanca legt die Hände wieder auf den Boden, wie eine Kuh, und du bist vollständig draußen, holst Luft und schreist aus voller Kehle, und Blanca setzt sich auf den Felsen, auf das Blut und die Decken, die dunkle, dicke Nabelschnur zwischen den Beinen. Du bist ein Mädchen! Die Frau legt dich auf den geblähten Bauch deiner Mutter zwischen die Brüste wie zwei Berge. Du hast runzlige Augen, runzlige Hände und dunkle Haare, und Blanca lächelt viel, mit einem so strahlenden Lachen und so strahlenden Augen und einer so strahlenden Haut und mit einem Mädchen wie einem dunklen Schmetterling auf der Brust. Dann kommt die Plazenta.

Als du da bist, fragt Blanca, benommen und erschöpft, wie heißt du? Und die Frau, die sich darauf versteht, Kindern auf die Welt zu helfen, antwortet, sie heiße Sió, und sie sei sehr sehr müde. Sie kauert sich in eine Ecke und schläft sofort ein. Und sie schläft einen ganzen Tag lang. Sie schläft tief, und als sie aufsteht, geben wir ihr Thymiansuppe, und danach geht sie nach Hause.

Drei Tage später, du saugst wie ein Kälbchen, und Blanca schleicht umher wie eine gerupfte Gans, sagt sie:

»Sie hatte warme Hände.«

Ich weiß nicht, was sie meint, und sie fährt fort:

»Sie hatte warme Hände wie die Leute vom Dorf, diese Frau, die mein Kälbchen entbunden hat.« Sie hat dich Bruna getauft, aber wir alle nennen dich Kälbchen. »Diese Frau werden sie nicht aufhängen. Sie hat ein Haus mit Fenstern und wohnt im Dorf.«

Ich lege den Strumpf beiseite, an dem ich stricke. Ein Paar kleine Söckchen für ein Paar kleine Füßchen.

»Wie kommst du denn jetzt darauf, Blanca?«

Du hängst an ihrer Brust und nuckelst und nuckelst, und Blanca schaut dich verträumt an und sagt zu mir:

»Sie wird nicht wiederkommen. Sie wusste nicht, wo sie war, sie hatte sich verlaufen. Alba hat ihr geholfen, den Heimweg zu finden.«

Ich schüttele den Kopf, weil mir das nicht gefällt, und wir verbringen ein paar unruhige Nächte, weil du viel schreist und wir uns ausmalen, wie die Dörfler kommen und uns zu Leibe rücken.

DER SCHNEE

Ich steige aus dem Auto, die Hündin begrüßt mich, ich klopfe an die Tür und frage, ob ich eintreten darf, und als ich am Küchentisch sitze, sage ich:

»Ich hatte es deiner Mutter auch schon gesagt, aber sie wollte nichts davon wissen. Und jetzt, da Sió tot ist, sage ich es dir, Mia. Ihr habt jemanden im Haus.«

Sie sieht mich ruhig an.

»Ist es ein Toter, Neus?«, fragt sie.

»Was von ihm übrig ist«, sage ich.

»Will er uns etwas antun?«

»Er sollte besser draußen sein.«

»Wie die Viecher«, sagt sie. »Ist es mein Vater?«

»Ich weiß es nicht.«

»Ist er blind?«

»Ich weiß es nicht.«

»Ist es Hilari?«

Ich weiß nicht, ob es Hilari ist.

»Kann ich es mir überlegen?«, fragt sie.

Wenn es nicht unbedingt sein muss, betrete ich Matavaques nicht. Ich vermeide es, die Fenster anzusehen. Ich schaue zum Gemüsegarten und zum Bergkamm gegenüber. Wenn ich es spüre, stelle ich mir einen Mann vor. Aber es ist kein Mann. Ich stelle mir einen Mann vor, um etwas weniger Angst zu haben. Einen erzürnten Mann. Gewalttätig und aufbrausend, in der finsteren Gewissheit seiner Kraft. Schmollend wie ein Kind. Verkrochen in einer Ecke. Umhüllt vom Gift seines eigenen Scheiterns. Über seinem Groll und dem Warten brütend wie eine Glucke, der man die Eier gestohlen hat.

Früher schneite es richtig. Es schneite so stark, dass sich hohe Schneewände an den Straßenrändern auftürmten, wie zu einem Gefängnis. Einem Labyrinth. Einer Burg. Die Kinder schnappten sich Säcke und sausten den Hang hinunter, ohne Schlitten. Den Hintern auf dem Sack, den Sack auf dem Schnee. Du konntest sie jauchzen und kreischen hören in dieser absoluten Stille, die in den Bergen herrscht, wenn es geschneit hat. Als ob alle miteinander, Bäume und Tiere, vor Schreck verstummt wären. Vor dem blendenden Weiß. Der weiße Schnee wie eine Hand, die allem den Mund zuhält. Die Kinder jubeln über den Schnee. Denn mit dem Schnee ist es ein bisschen wie mit dem Tod, man kann ihn nicht bestellen. Er kommt, wann er will, und verändert alles. Tomàs Molina sagt, dass es Schnee geben wird. Heute. Ich sage, es wird keinen geben. Wenn es Schnee gibt, merke ich das daran, dass das Licht weiß wird. Wenn es Regen gibt, ist das Licht grau, von einem silbrigen Grau. Das graue Licht und das weiße Licht kündigen sich schon fast einen Tag vorher an. Je nach Intensität weiß ich dann, wie lange es noch dauern wird, bis es regnet oder schneit.

Meine Großmutter konnte mit zwei L-förmigen Eisenstäben Wasser ausfindig machen, und ihr Vater wusste, wann es regnen würde und wann nicht, und die Leute, die meinen Urgroßvater nicht besonders mochten, weil er ihnen Angst machte, gingen zu ihm, um ihn zu fragen, ob sie säen sollten. Eines Tages, als meine Großmutter und ich Kräuter sammelten, fragte ich sie, was es mit den Kaskaden auf sich habe. Ich sähe sie schon seit jeher dort hängen, diese Kaskaden, zwischen Himmel und Erde, wie die Wolken. Einige dicker, andere dünner, und von einem gedämpften, schönen, transparenten

Blau wie dem des Flusses. Großmutter blickte zu dem Stück Himmel, auf das ich zeigte, und rief aus: »Heilige Mutter Gottes, Kindchen, was haben wir nur angerichtet!« Mehr sagte sie nicht. Meine Großmutter hieß Dolors. Oma Dolors sagte mir nicht, dass sich unter diesen Kaskaden unterirdische Quellen und Brunnen befinden. Sie sagte nicht, dass die Kaskaden auf Wasser hinweisen und nur sie und ich und Urgroßvater sie sehen konnten. Und dass sie deshalb Wasser fand. Und sie sagte auch nicht, dass, wer Kaskaden sieht, auch noch andere Dinge sieht. Aber nicht mit den Augen. Mit dem Bauch, mit jedem einzelnen Härchen auf den Armen und im Nacken, mit der Leber und dem Rippenfell und dem Herzen und der Galle und allen Körperteilen, die Angst und Kummer empfinden. Und sie sagte nichts von der Finsternis in den Ecken. Oder von Dingen, die so traurig sind, dass sie sich wie eine Ohrfeige anfühlen. Oder von Dingen, die man niemals und unter gar keinen Umständen tun darf. Oder von denen, die sterben, aber nicht weggehen. Oder von den Löchern, durch die die Erde atmet. Oder von der Waage.

Aus Spaß sagt mein Mann manchmal Schneekönigin zu mir. Weil ich Neus heiße, was so viel wie Schnee bedeutet. Ich weiß immer im Voraus, wenn es Schnee gibt. Meinen Mann rufe ich Agustí, denn das ist der Name, den ihm seine Mutter gegeben hat, aber alle Welt nennt ihn Amtmann. Außer unseren Töchtern, die sagen Papa. In dem Märchen von der Schneekönigin hatte die Schneekönigin einen Spiegel. Und wenn man sich darin spiegelte, sah man nur traurige und schlimme Dinge. Als einmal ein paar Kobolde den Spiegel in den Winterpalast brachten, rutschte er ihnen aus den Händen, fiel herunter und zersprang in tausend Stücke. Und diese tausend Stücke verteilten sich überallhin. Manchen Leuten flogen sie in die Augen, sodass für sie fortan alles traurig und hässlich aussah. Und manchen Leuten flogen sie ins Herz, und diese empfanden nichts mehr außer Groll und Leid. Mir flog ein Splitter in ein Auge, und ich sehe einige Kümmernisse, ich sehe, wo jemandem wehgetan wurde, und ich nehme Verstorbene wahr, die steckengeblieben sind. Und wenn ich mich dazu imstande fühle und die Kraft habe oder sie meinen Lieben zu nahe kommen, erkläre ich ihnen, dass sie gehen müssen.

Das Telefon klingelt. Es ist Mia. Neus, sagt sie, vertreib ihn aus meinem Haus. Ich sage ihr, ich könne morgen kommen. Montags gehen Mia und meine Tochter Cristina wandern. Lass es uns bei Tag tun, sage ich. Sie sagt, sie könne Mittagessen machen, ich sage, muss nicht sein. Ich bin um zehn bei dir. Du wirst draußen warten müssen. Und mir fällt Tomàs Molina ein, der gesagt hat, es werde Schnee geben.

Am nächsten Tag ist der Himmel wie der Bauch eines Tisches, niedrig, flach und grau. Als Domènec starb und Sió allein ließ, besuchte ich sie jede Woche. Ich war noch nicht verheiratet. Ich brachte ihr Bohnen oder Zucchinis oder kam unter irgendeinem anderen Vorwand. Und als Sió den Verstand verlor, Jahre später, sah ich auch oft nach ihr. Nicht oft genug. Nichts ist je genug. Wenn ich das Haus betreten musste, blieb ich immer in der Küche. Die Küche ist eine gute Küche. Und, wenn möglich, vor dem Haus auf der Tenne in der prallen Sonne, denn in unserer Gegend gibt es ein eigenes Mikroklima.

Als ich Matavaques erreiche, kommt Mia mit der Hündin heraus.

»Brauchst du etwas?«, fragt sie mich.

Ich brauche nichts.

Ich trete ein. Das Haus beobachtet mich still. Verwundert. Erwartungsvoll. Es ist alt, aber nicht sehr groß, ein Häuschen für Landpächter oder Hirten. In die Diele gelangt man über drei Stufen wie drei Zähne. Es ist ein kleiner Vorraum mit rohen Wänden und lauter verschiedenen Bodenfliesen. Garderobenständer und Schuhregal. Ein Einbauschrank aus stark gemasertem Holz. Ein massiver Tisch, darauf eine Schale mit Schlüsseln und Papieren und Briefen. Die Küche befindet sich zur Linken. Weiße Kacheln, auf denen hier und da eine blaue Blume ist. Das Spülbecken aus rosa Marmor, ein Fenster mit bestickten Vorhängen und ein antikes Abtropfgestell, in dem die Teller stehen, alle weiß und nach außen gedreht. Ein solider Tisch, dunkel und glatt und glänzend vom langen Gebrauch, eine Bank, die auch schon viele Jahre alt sein dürfte, mit Leinenkissen, ein Krug mit Strohblumen, kleine Stühle und ein Fernsehapparat. Mia ist gut darin, Möbel instandzuhalten. Sachen zu retten, die nicht mehr zu retten sind. Und das Haus ist sauber und anheimelnd. Nicht wie bei uns, wo nie aufgeräumt ist. Bei meinem Mann und meinen Enkelkindern fliegt immer alles herum.

Der Herdbereich ist neu. Mit einer Dunstabzugshaube aus Holz, aber man merkt, dass dieses Holz nie im Wald gelebt hat und von seelenlosen Maschinen zugeschnitten und poliert worden ist. Im Kamin brennt ein Feuer. Es ist ein alter Kamin. Gebaut auf den Fußboden und an die Wände des Hauses. Weiß, die Holzkanten und der gekachelte Abzug rußgeschwärzt. Eine gute Küche. Neben der Küche befindet sich eine Vorratskammer mit geschlossener Tür, die ich nie betreten habe. Links vom Eingang ist das Zimmer, in dem Mia schläft und das, wenn ich mich nicht irre, Großvater Ton gehört hatte. Ich betrete es aus Neugierde, denn darin ist nichts. Es ist hübsch. Mit gelben Wänden. Und zwei hohen Fenstern. Mit einer Hochzeitstruhe, einer Kommode und einem Schrank, wuchtig und massiv, mit schlichten

Schnitzereien verziert. Ein kleiner Spiegel mit einer Waschschüssel aus Porzellan. Ein Stuhl voll getragener Kleidung. Ein Nachttisch mit noch mehr Trockenblumen und Wick Vaporub und Medikamenten und einem Lämpchen und einem weißen Radio und einem Foto von Mia und Hilari, auf dem sie noch keine zwanzig sein dürften. Und Bücher. Toni Morrison. Marta Rojals. Stieg Larsson. Mit dem Aufkleber vom Bücherbus. Neben dem Bett liegt ein kleiner brauner Teppich, vermutlich Llunas Schlafplatz. Kopfteil und Beine des Bettes sind aus dunklem Holz. Es ist ein behagliches Zimmer.

Der Vater von Großmutter Dolors, mein Urgroßvater, nahm ab und zu jemanden beiseite und sagte: »Verabschiede dich, denn du wirst sterben.« Dafür fürchtete man ihn. Weil diejenigen, zu denen er es gesagt hatte, wenige Tage darauf starben. Wenn die Leute meinen Urgroßvater kommen sahen, fingen sie schon an zu zittern. Der Mann hatte kein leichtes Leben. Ständig mit einem Schwarm Raben um den Kopf. Solche Dinge darf man nicht aussprechen. Auch wenn du sie spürst nicht. Nicht einmal, wenn du sie weißt. Wenn du sie mit derselben Sicherheit weißt, mit der du weißt, dass die Sonne im Osten aufgeht. Das hat mir meine Großmutter gesagt. Schschscht und fest den Mund zu. So fest, dass sie mir nichts, aber auch gar nichts von dem erzählte, was sie sah oder tat oder wie sie es tat. Nur eines sagte Großmutter immer. Die Toten sind tot, mein Kind. Man fasst sie nicht an, und man redet nicht mit ihnen.

Es ist so weit. Das Problem befindet sich im oberen Stockwerk. Ich gehe auf die Treppe zu. Eine Treppe aus Holz und braunen Fliesen. Es ist oben und erwartet mich bereits. Angespannt und unwirsch. Ich bekomme eine Gänsehaut am Steiß, dann am ganzen Rücken. Ich fange langsam an. Ruhig.

Während ich die Stufen hinaufsteige. Wie eine Mutter. Wie eine Großmutter. Diese Dinger haben manchmal weder Mutter noch Großmutter gehabt. Ich sage ihm freundlich, es müsse gehen. Dies sei nicht sein Haus. Es sei nicht mehr sein Haus. Weiter nichts. Ich erkläre ihm, warum es nicht sein Haus ist. Du gehörst nicht mehr hierher, sage ich ihm. Du musst gehen. Du musst den Weg finden. Sein Schmerz und seine Wut lasten schwer auf meinem Magen. Auf meiner Leber. Bedrängen mich, krallen sich an mir fest, bohren sich in mich hinein wie ein dicker rostiger Nagel. Es wird böse. Richtig böse. Es ist voller Wut. Voll schwarzem Saft. Alle meine Körperhaare sind gesträubt wie Stacheln, wie Nadeln. Und dann legt es los. Miststück. Es spricht nicht. Sie sprechen nicht. Sie sagen nichts, was ich verstehen könnte. Ich sage stumme Worte, wie einen Gedanken, aber sie haben keine Worte. Sie haben nichts als all diese Bosheit, all diesen Hass, all dieses schmutzige Wasser.

Ich werde nicht böse. Ich sage ihm noch einmal, es müsse gehen. Bloß nicht böse werden. Bloß nicht ausrasten. Wenn du ausrastest, ist das schrecklich. Wenn du ausrastest, geschehen schlimme Dinge. Sie gewinnen. Sie verletzen. Es ist nicht dein Haus. Es ist nicht dein Haus. Nicht mehr. Raus. Geh weg. Such den Weg. Das ist nicht mehr dein Platz, du gehörst nicht mehr hierher.

Manchmal kannst du sie loswerden, diese Dinger. Manche sind Personen. Und bei anderen weiß ich nicht, was sie sind. Es gibt welche, die versteht man nicht. Ich weiß nicht, wohin sie gehen, wenn sie weggehen. Ich weiß nicht, was es da draußen noch so gibt. Gar nichts weiß ich. Einige jedenfalls kannst du loswerden. Die kannst du trösten wie kleine Kinder. Sie lassen sich besänftigen. Du kannst ihnen erklären, was du ihnen zu erklären hast. Und irgendwann nach

Stunden hören sie auf dich. Irgendwann nach Stunden werden sie klein und zahm und friedlich, und dann gehen sie.

Andere kannst du nicht loswerden. Es sind dermaßen große Dinger auf der Welt unterwegs. So fürchterliche, dass du nichts anderes tun kannst, als Tag und Nacht zu kämpfen, damit sie fortgehen und anderswo unterkriechen. Damit sie hervorkommen, von wo aus sie ihr Unwesen treiben, und sich trollen.

Ich gehe in das Zimmer gegenüber der Treppe. Es ist das Elternschlafzimmer. Der Holzfußboden abgetreten. Das große Ehebett, alt, hoch, mit vergoldetem Kopfende, bemalt mit einer Jungfrau Maria und einem pummeligen Jesuskind, das schon laufen kann, und einem Schaf und einem Sankt Josef. Ich nehme an, dass es das Zimmer von Sió ist. Und früher das von Sió und Domènec war. Mia benutzt es nicht mehr. Es riecht nach Kräutersäckchen für die Wäsche und einem Mittel gegen Holzwürmer.

Ich strecke mich auf dem Bett aus, das hart ist und eine vergilbte weiße Tagesdecke hat. Die Hände auf den Unterleib gelegt, schließe ich die Augen. Es rollt sich in mir zusammen wie eine Schlange. Üble Sache. Aber ich sage ihm, was ich zu sagen habe. Ohne die Beherrschung zu verlieren. Streng. Halbtot vor Angst. Ich rede und rede und rede und wiederhole immer wieder dasselbe: Verschwinde. Raus. Hau ab. Hau ab.

Aber als ich die Augen öffne, habe ich es über mir. Grauenerregend. Ganz dunkel und mit zwei Augen, riesig, weiß und schmal. Ich rühre mich nicht. Es nähert sich mir das Gesicht, das kein Gesicht ist. Der Mund wie ein Loch. Ich würde schreien, aber der Schrei bleibt mir in der Kehle stecken wie ein Knochen, der in die falsche Röhre geraten ist. Schreien würde nichts nützen. Es ist nicht da. Sage ich mir. Es ist nicht da. Und es sieht mich regungslos an. Es ist nicht da. Es ist ein Kind, das gähnt mit diesem Mund. Ein schläfriges Kind mit diesen Augen. Ein Ungeheuer. Mit diesem Blick, so entsetzlich wie alle Leiden der Welt. Diese frenetischen Augen. Raus. Verschwinde. Hau ab. Raus. Das ist nicht dein Haus. Das ist nicht dein Haus. Raus. Raus. Raus.

Und es verschwindet.

Ich stehe vom Bett auf. Meine Füße sind so schwer, und die Beine und die Knie. Das Alter, Neus. Ich gehe zur Tür und lehne mich in den Rahmen. Ich schaue hinter mich auf das Bett. Ich schaue zum Schrank unter der Treppe, aber es ist nicht da. Im Bad ist es auch nicht. Ich gehe die Treppe hinunter. In der Küche, nichts. In der Diele, nichts. Im anderen Zimmer, nichts. Ich lausche konzentriert. Es ist weg.

In der Diele richte ich mich wieder her und gehe hinaus.

»Möchtest du einen Kaffee, möchtest du irgendwas?«, fragt Mia.

Es nieselt.

»Nein«, sage ich, »ich bin müde, ich gehe heim.«

»Danke«, sagt sie.

»War die Hündin manchmal da oben?«, frage ich.

»Selten.«

»Soll ich dir sagen, wo es war?«

»Nein«, erwidert sie, ohne zu zögern.

Ich nicke. Einige dieser Dinger mögen Treppen.

»Tschüss, Mia.«

Als Sió anfing, den Verstand zu verlieren, sagte mein Mann, um zu überleben, müsse man manchmal seine Erinnerungen vergraben, aber dass jemand, der zu viel gelitten habe, sie immer zu tief vergrabe. Agustí denkt viel nach über unser aller Geschichte. Er sucht nach dem Warum. Und analysiert es. Das ist seine Art, Frieden zu finden. Indem er die

Fakten versteht und die Menschen. Aber alles kann man nicht verstehen, mein Lieber.

Ich steige ins Auto. Tropfen, klein wie Nadeln, fallen auf die Scheibe. Nichts mit Schnee, Tomàs Molina. Ich winke Mia zum Abschied, sie geht wieder ins Haus, und ich fahre von der Tenne. Ich umfasse fest das Lenkrad und schalte in den zweiten Gang, der Sitz ist weich und bequem. Es riecht nach diesem Autoduft mit Pinienaroma, den Agustí immer kauft. Die Fahrbahn ist nicht asphaltiert, und das Auto ruckelt. Der Berghang liegt links von mir. Auf halber Strecke begegnet mir ein junger Mann, ein Spaziergänger mit dunklem Haar und einem Stock. Ich fahre langsamer. Wer nimmt bei diesem Wetter diesen Weg?, denke ich. Wer ist das? Er will zu Mia. Er ist jung. Und dann kreuzen wir uns. Doch als ich auf gleicher Höhe mit ihm bin, wende ich das Gesicht ab und schaue weit weg von ihm, ins Tal, auf den Berg, zum Fluss. Ich wende mich unvermittelt ab, ruckartig, und bedaure, ihn nicht zu grüßen, aber ich kann nicht. Ich bin müde. Ich will sie nicht sehen, all die Schatten und all die traurigen Dinge, die an seiner Jacke haften.

DIE ANGST

Sie sagt, ich könnte deine Mutter sein. Und sie sagt, ich bin nicht deine Mutter. Getrennt durch das, was dazwischen geschieht. Und in mir haben alle Dinge Sinn, die keinen haben, und alle Dinge, die einen Sinn haben sollten, haben keinen mehr. Denn wenn sie mich mit neunzehn Jahren bekommen hätte, oder mit achtzehn, ich weiß es nicht, aber ich stelle es mir vor, dann könnte sie meine Mutter sein. Aber meine Mutter wird sie niemals sein, selbst wenn sie es wollte und ich es wollte, doch ich will es nicht, und sie will es auch nicht. Manchmal bin ich noch, wie ich früher war. Und manchmal bin ich, als wäre ich nie der gewesen, der ich früher war, als ob mir durch das Loch in meinem Kopf alles abhandengekommen und nur die schwarze Angst übriggeblieben wäre und das Gewicht, das um meinen Hals hängt. Und ich kann nicht aufhören, in die Dunkelheit meines Auges zu starren, das nichts mehr sieht, und schwindlig zu werden und zu denken, dass ich nie wieder der sein werde, der ich gewesen war, zu denken, dass sie mich zwar nicht getötet, aber für immer versehrt haben. Zu denken, ich müsse noch einmal sterben, wo Sterben doch solche Angst macht, und dass ich, wenn ich damals schon gestorben wäre, es nicht noch einmal tun müsste. Und nicht die Angst gelernt hätte. Denn es gibt Dinge, die du nicht lernen willst, die du nicht lernen solltest und doch ein für alle Mal lernst. Und schon kann man nichts mehr tun, nichts wollen, nichts fühlen, vor lauter Angst. Man kann nicht mehr sein, wie man vorher war, denn vorher hatte man die Angst noch nicht gelernt. Die Angst, wenn sie dich packt, ist das Ende. Und dann muss man Tabletten nehmen und schlafen und am nächsten oder übernächsten Tag wieder von vorn anfangen.

Wenn uns Leute besuchen kommen, sage ich ihnen, das hier sei unser Refugium, unser Haus im Grünen, wo wir Inspiration fänden, um Romane zu schreiben und so. Und meine Freunde lachen. Die Geduldigen unter meinen Freunden, denn die Leute werden es schnell müde, darauf zu warten, dass es dir besser geht.

Ich wollte erzählen, wie schön es war, als wir hier oben ankamen, und wie heilsam Berge und reine Luft sind, wenn man dir ein Loch in den Kopf geschossen hat.

Es waren einmal ich und Clara, und wir lagen aneinandergeschmiegt im Bett und schliefen. Es waren einmal zwei Männer, die in unser Haus eindrangen. Einer hatte eine Pistole, und er scheuchte uns aus dem Bett und zwang uns, auf dem Teppich niederzuknien. Und er zielte mit der Pistole auf meinen Kopf, und ich senkte den Kopf wie ein Hündchen, und Clara schrie auf, und der Mann schrie noch lauter, weil er uns erschrecken wollte, aber wir waren bereits erschrocken, und vor lauter Geschrei und Gefuchtel mit der Pistole drückte er ab, und die Kugel fuhr in meinen Schädel und wieder heraus, und die Männer rannten davon, und Clara sprang durchs Fenster, das nicht sehr hoch war, um Hilfe zu holen, und ich blieb auf dem Teppich liegen, weil das Pfeifen nach dem Knall des Schusses in meinem Gehirn sehr laut nachhallte, und weil ich mich weder bewegen konnte, noch den geringsten Drang verspürte, mich zu bewegen.

Aber das ist es nicht, woran ich denken wollte. Ich wollte daran denken, als wir aus dem Auto stiegen und mir das Haus so hübsch vorkam, auf halber Höhe am Hang, so versteckt, dass man nicht einmal den Lärm der Autostraße hörte, so märchenhaft wie die Märchen, die Mama mir erzählte, als ich klein war. Es war Mamas Idee, in die Berge zu fahren, und sie war es auch, die Can Grill gefunden, die Koffer gepackt und mich ins Auto gesetzt hatte, und schon waren wir hier. Denn der Lärm außerhalb unserer Wohnung in Barcelona und die Autos und all die Gebäude und scharfen Kanten und geraden Linien und die kreischenden Stimmen der Leute und das Gelächter der Leute fesselten mich ans Haus, und ich wollte nicht nach draußen. Meine Beklemmung quoll auf wie ein Schwamm, sobald ich den Fuß unten auf den grauen, abgesunkenen, schutzlosen Gehsteig setzte. Und Mama sagte, jetzt reicht's, und sie sagte, wenn wir an einen Ort gingen, wo es nichts als Bäume gebe, müsse ich raus ins Freie.

Als ich wieder zu mir kam, war die Rede von einem Wunder. Und alle kamen ans Fußende des Bettes, alle stellten Fragen, und Mutter kaufte die Zeitung und zeigte mir meine Fotos. Nachher, als alle weg waren, weinte ich, weil es mich so erschöpft hatte, sie zu sehen und ein paar Worte zu wechseln. Der Schuss hat mir die Sehfähigkeit eines Auges geraubt, und das linke Bein, das manchmal nicht zu mir zu gehören scheint, ziehe ich ein wenig nach. Das ist alles. Die Ärzte sagten, ich hätte großes Glück gehabt. Durch das Loch war mir auch die Liebe entwichen. Hätte ich Clara mehr geliebt, und man hätte mir einen Kopfschuss verpasst, und ich wäre wieder aufgewacht, hätte ich sie danach vielleicht noch mehr geliebt. Aber als ich aufwachte, wollte ich sie gar nicht mehr lieben. Clara weinte am Fußende des Bettes, nachdem ich ihr gesagt hatte, ich wolle sie nicht länger lieben, und als Mama aus der Cafeteria des Krankenhauses zurückkehrte, ging sie. Ich weiß, dass sie manchmal bei meiner Mutter anruft. Und ich wünsche ihr nur Gutes, aber ich will mich nicht um sie kümmern müssen. Und damit meine ich nicht, sie vor Männern beschützen, die in unser Haus eindringen. Ich meine, mich kümmern, fragen, wie ihr Tag war, an sie denken und an Dinge denken, die wir gemeinsam unternehmen würden. Ich will die ganze Zeit nur allein sein. Deshalb gefiel mir das Haus, weil es ein alleinstehendes Haus ist, von dem aus man kein weiteres sieht. Man blickt ins Tal, und auf dem Hang gegenüber gibt es nichts außer Wald und Wiesen. Der Fluss rauscht tief unter uns vorbei, und wenn du dich still verhältst, kannst du ihn hören. An der Fassade des Hauses gibt es eine Sonnenuhr, die ich nicht lesen kann, weil man dazu anscheinend Berechnungen anstellen muss. Und es hat einen kleinen unnützen Balkon. Und zwei Etagen. Und eine Küche ganz aus Holz und so niedrig, dass deine Haare die Deckenbalken streifen. Es hat eine kleine Speisekammer und kleine Fenster, um die Kälte auszusperren, und einen Kamin aus grauem, silbrig schimmerndem Gestein, den ich immer anzünde, weil es schön ist, ins Feuer zu schauen. Und den Oberstock mit dem Bad und den Holzböden, die ächzen, ob jemand darübergeht oder nicht, und mit Sofas und Sesseln in Rosa und Rot und mit roten Teppichen. Das Holz ächzt unentwegt, es dehnt sich aus und schrumpft zusammen und bewegt sich, und ich denke, sollten hier Männer eindringen, würden wir sie hören, noch ehe sie die Schlafzimmer gefunden hätten. Oben sind auch die Badewanne und die Toilette, getrennt, und das Zimmer, in dem meine Mutter schläft, und das Zimmer, in dem ich schlafe, und in dem Wohnzimmer mit den Sofas gibt es noch einen weiteren Kamin, den ich fast nie anstecke, um nicht auf zwei Feuer aufpassen zu müssen.

Jeden Tag machen wir einen Spaziergang. Mama und ich. Wir schlagen den mit hohem Gras bewachsenen Weg gleich am Haus ein, biegen talwärts ab, nehmen die Pfade der Tiere und manchmal auch die Pfade der Menschen, die im Zickzack bis hinunter zum Flussufer führen.

Stellenweise müssen wir Dornengestrüpp, Äste und Brennnesseln aus dem Weg räumen, und es gibt einen Elektrozaun wegen der Kühe, den ich öffnen und hinterher wieder schließen muss. Der Weg ist von Kuhfladen übersät. Der Fluss heißt Ritort, was ein schöner Name ist, und er ist eiskalt und fließt schnell, und er kommt mir vor wie eine saubere Zunge, die alle Steine ableckt. Wenn ich mit meiner Mutter unterwegs bin, werfe ich keine Steine ins Wasser, weil sie das nicht leiden kann, doch wenn ich allein bin, werfe ich immer eine Zeit lang Steine, lasse sie springen und hüpfen und habe es schon auf fünf Sprünge gebracht, was ein beachtlicher Rekord ist.

Geht man aufwärts statt abwärts, kommt man zu den nächsten Nachbarn. Ein Haus namens Matavaques, und der Name ist keine Erfindung von mir. Ich war es, der sagte, lass uns mal diesen Weg probieren. Einen Pfad wie ein Kuhsteig, der sich bergauf schlängelt. Man musste sich ein bisschen an den Bäumen festhalten, so steil führte er nach oben. Meine Mutter sagte Oriol!, weil sie sich sorgte, mein Bein könnte nicht durchhalten, aber ich merkte, dass es durchhielt, und hatte es satt, immer nur hinunter zum Fluss zu gehen. Und als wir oben anlangten, stellten wir fest, dass wir uns auf der Rückseite eines Hauses in einem Nutzgarten befanden. Wir hätten über einen Zaun klettern müssen, und ich sagte, lass uns wieder gehen, und meine Mutter sagte, nein, nein, ach was, wenn wir schon mal hier sind, sagen wir auch guten Tag. Und ich sagte, Mama, aber das hier ist die Rückseite, und die kriegen womöglich einen Schreck. Und meine Mutter sagte, nein, nein, ach was. Meine Mutter sagt immer, nein, nein, ach was, und macht, was sie will. Ich sagte, Mama, man betritt ein Haus nicht von hinten! Und sie sagte, dann bleib halt hier. Dann bleib halt hier!, sagte sie. Und sie kletterte als Erste über den Zaun, und danach half sie mir hinüber. Dieselbe Mutter, die zu Beginn des Aufstiegs Oriol! gesagt hatte. Wir gingen an den Beeten entlang, und ich erkannte Zwiebeln und Endivien und Kopfsalat, das war's. Im Garten gedieh ein dickes, kräftiges, unschönes Kraut, das sich rund ums Haus ausbreitete, als hätte es einen eigenen Willen und nichts mit dem Garten zu tun. Dann erschien der Hund. Ein großer Hund mit langem weißem Fell und zwei schwarzen Flecken, einem auf dem Rücken wie ein Sattel, und einem anderen im Gesicht, über dem einen Auge wie ein Pirat. Als er uns sah, rannte er mit wütendem Gebell auf uns zu, bellte uns an wie ein Besessener, steif, den Rücken flach, damit wir nicht näherkämen. Ich ging leicht in die Knie, sehr langsam, und legte meinen Stock auf den Boden. Da trat die Frau aus dem Haus und rief, Lluna, tsssssst, und der Hund bellte noch zweimal und verstummte. Die Frau näherte sich und betrachtete wortlos die beiden Fremden, die aus ihrem Gemüsegarten kamen. Ich sagte hallo und entschuldigte mich, und meine Mutter erklärte, wir hätten Can Grill gemietet, und die Frau sagte ah und gab dem Hund einen Klaps auf den Rücken. Und sie unterhielten sich eine Weile über die Berge, das Dorf, die Eindrücke meiner Mutter, und die Frau sagte, sie sei die Metzgerin, und meine Mutter sagte, dann würden wir Fleisch bei ihr kaufen, aber klar doch, und während sie plauderten, besah ich mir die Frau. Sie hatte funkelnde Augen. Sehr schöne Augen. So sehr, dass du dir wünschtest, sie sähe dich an und würde Dinge zu dir sagen, denn obwohl sie nicht lächelte, funkelten ihre Augen, als lächelte sie innerlich. Das übrige Gesicht war grob, derb, nicht hässlich, eher hatte es die Züge eines großen Säugetieres, eines Pferdes oder einer Kuh, und die Augen waren sehr, sehr schön, und vielleicht waren die Augen umso schöner, weil das Gesicht weniger schön war, und gerade weil sie nicht hübsch war, nicht lächelte und langsam sprach, wünschte man sich, sie würde mehr Dinge sagen. Sie war jünger als meine Mutter, sie musste um die fünfzig sein. Sie trug ein blaues T-Shirt mit kurzen Ärmeln, und ihre runden Arme waren voller Sommersprossen. Ihr Haar hatte exakt dieselbe Farbe wie ihre Augen. Und ich starrte sie die ganze Zeit an, und zuckte fast zusammen, als sich diese Augen auf mich richteten. Dann streckte sie die Hand aus und sagte, sie heiße Mia, und die Hündin strich uns um die Beine, und sie sagte, lasst sie schnuppern, lasst euch beschnuppern, so lernt sie euch kennen. Und dann bot sie uns Kaffee an, und meine Mutter sagte, nein, vielen Dank, ein andermal. Und sie sagte, gut, ein andermal. Und meine Mutter sagte noch einmal, wir kämen in ihre Metzgerei, und fragte, indem sie auf die Hühner wies, ob sie da auch Eier verkaufe, und Mia sagte ja, aber die seien nicht von ihren Hühnern. Und dann brachen wir wieder auf und nahmen diesmal den vorderen Weg, weil wir nicht wagten, noch einmal ihren Garten zu betreten. Und während wir den Weg entlang gingen, der länger und bequemer war als der direkte Aufstieg, sagte meine Mutter, die Nachbarin gefalle ihr, und ich sagte, mir auch.

Wir gingen in die Metzgerei. Wie sich zeigte, hatten sie auch Milch und Käse und Trockenfrüchte und Kekse und Nudeln, und wir kauften einen Haufen Sachen. Im Laden roch es köstlich nach rohem Fleisch, Geflügelfrikadellen und Mettwurst, mild und würzig. Und Mama sagte, fünfhundert Gramm Hackfleisch und Schälrippen für einen Nudeleintopf, und bla, bla, bla. Und ich verging fast vor Verlegenheit.

Als wollte ich nicht dort sein, mit meinen dreiunddreißig Jahren, um mit meiner Mutter Hackfleisch einzukaufen. Doch ein bisschen genoss ich meine Verlegenheit auch. Ich ging zur Seite und schaute durch die Fensterscheibe auf die Straße, und meine Mutter kaufte die Eier, die nicht von Mias Hühnern waren, und ich genoss die Verlegenheit, warm und kribbelnd in meinem Inneren, eine Verlegenheit, wie ich sie schon lange nicht mehr empfunden hatte, wie ich schon lange überhaupt nichts mehr empfunden hatte.

Darum ging ich später hinauf zu ihr, über den vorderen Weg. Allein. Zuerst wollte ich ohne den Stock gehen, hatte dann aber doch Angst hinzufallen. Meiner Mutter sagte ich nicht, dass ich Mia besuchen wollte, ich sagte nur, ich wolle noch ein Stück gehen, trotz der Wanderung, die wir an diesem Tag bereits zusammen gemacht hatten. Und ich stieg hinauf zu dem Haus, gemächlich, weil das Wetter schön war und weil ich einen weiten Weg hatte und mich nicht anstrengen wollte und nicht schwitzen wollte. Als ich davor stand, sah ich das Schild, auf dem Matavaques stand, das ich beim ersten Mal nicht gesehen hatte, und mir gefiel der Name dieses Hauses. Und schon kam bellend die Hündin angerannt, und ich wollte erst den Stock auf den Boden legen, aber dann sagte ich Lluna!, und sie wedelte mit dem Schwanz und bellte noch ein bisschen weiter, aber ohne mich dabei anzusehen, und lief hinter mich, was hieß, dass sie mir erlaubte, das Grundstück zu betreten. Als ich die Tür erreichte, dachte ich, Mia sei vielleicht gar nicht da, und überlegte, ob ich ihr wohl eine Nachricht hinterlassen sollte oder ob es seltsam wäre, ihr eine Nachricht zu hinterlassen, und dann klopfte ich an, mit der Faust, denn eine Klingel gab es nicht. Als sie öffnete, lag in ihrer Miene weder Überraschung noch ein Willkommen, doch lächelte sie diesmal ein wenig, oder vielleicht waren es auch nur ihre Augen, die funkelten wie Glas, und ich, der ich ihr etwas sagen wollte, etwas, das ich mir während des gesamten Aufstiegs zurechtgelegt hatte, sagte:

»Hallo.«

Und sie:

»Guten Tag.«

Und als ich nichts weiter sagte, fügte sie hinzu:

»Willst du reinkommen?«

Und ich trat ein, und die Hündin schlüpfte mit uns hinein.

Manchmal, wenn ich an einen fremden Ort komme, fasse ich mir an die Narbe unter den Haaren. Es ist eine Narbe wie ein Vogel. Von außen wirkt das Haus groß, aber innen ist es so klein wie unseres. In einer Stadt wäre sie keine attraktive Frau gewesen. Sie wäre eine absonderliche Frau gewesen oder eine vulgäre Frau, was weiß ich, aber dort, mit dem Hund und dem Geräteschuppen hinter dem Gemüsegarten, mit den Hühnern und den Bäumen und der Metzgerei, dort in der Küche war sie eine Frau, der du zeigen wolltest, wer du bist. Und dann dachte ich, ich sollte aufhören, sie anzusehen und zu überlegen, ob sie attraktiv war oder nicht. Ihre Brüste anzusehen, ihren Hals und ihren Nacken und mich zu fragen, was ich von ihr wollte und warum. Schluss jetzt, hör auf damit. Und dann dachte ich, wie lange es her war, wie viele Tage und Monate vergangen waren, seit sich in mir keine Lust auf irgendetwas mehr geregt und mich nichts und niemand gereizt hatte, sodass ich mir schließlich sagte, na los, Oriol, nun mach schon.

Und ich ließ mich auf einem Küchenstuhl nieder, und sie setzte Kaffee auf und fragte:

»Und du, was treibst du?«

Ich hatte Angst, sie würde Dinge wissen wollen, und wusste nicht, ob ich die alle würde erklären können. Und ich sagte:

»Ich schreibe einen Roman«, wie ich es im Spaß zu meinen Freunden sage. Und sie sagte nur oh und nichts weiter, sie fragte nicht, worum geht es, oder worüber schreibst du, und dabei hätte ich eine gute Antwort parat gehabt, also sagte ich: »Das war nur Spaß. Ich bin zur Erholung hier«, und sie nickte kurz und zündete die Flamme unter dem Kaffee an und fragte auch nicht, zur Erholung wovon. Sie brachte Tassen und ein Brettchen, und ich fühlte mich wohl, und als ich mich wohlfühlte, kam die Hündin, um mir etwas zu sagen, und ich streichelte ihre zarte Schnauze, und die dunklen Augen sahen mich großmütig und bereitwillig an, und ich fragte:

»Wie alt ist sie?«

Und sie sagte, sieben. Lluna sei die Tochter der Hündin, die sie vorher gehabt habe, sagte sie, einer Tochter wiederum der vorigen Hündin, die Hündinnen seien eine Familientradition. Und sie sagte, Lluna habe zweimal geworfen, von Nachbarshunden oder wild lebenden Streunern, und sie habe die Welpen beide Male weggegeben, weil sie keine Welpen haben wollte, die alles zerkauten und sich auf alles drauflegten, aber wenn die Hündin jetzt noch einmal Junge bekäme, würde sie eines behalten, ein Weibchen, sagte sie, um die Linie fortzusetzen.

»Lebst du allein?«, fragte ich, und sie sagte ja, ich lebe allein, und der Kaffee brodelte, und als sie ihn einschenkte, sagte ich, ich lebe bei meiner Mutter, und sie lachte ein wenig. Seit dem Unfall hatte ich keinen Kaffee mehr getrunken, ich mochte aber nichts sagen, und so trank ich ihn und dachte, wenn ich in der Nacht Herzrasen hätte, wäre die Ursache zumindest etwas Gutes. Sie setzte sich, dann fragte sie:

»Also, was gibt's?«, als ginge sie davon aus, dass ich ein Anliegen hätte.

»Ach, nichts«, sagte ich, »ich wollte nur hallo sagen.«

»Und dich der Nachbarschaft vorstellen?« Sie lachte mich aus. Ich trank einen Schluck Kaffee.

»An welchen Tagen arbeitest du?«, fragte ich.

»Von Dienstag bis Samstag.«

»Kein Mensch kauft montags Fleisch«, sagte ich, und sie fand es witzig.

Und dann unterhielten wir uns lange, wir tranken den Kaffee und sagten eine Menge Dinge. Eines folgte auf das andere, und es war seltsam, denn sie sprach nur über sich und die Hündin und sonst niemanden, dabei konnte es doch nicht sein, dass da sonst niemand war, und ich erwähnte weder, wer ich früher gewesen war, noch den Unfall, und das ging auch nicht, weil ich alles, was ich bin, wegen des Unfalls bin, und so sagte ich zu ihr:

»Irgendwann erzähle ich dir, wovon ich mich erholen muss.« Und sie hob die Tasse, als wollte sie darauf trinken. Und dann brach ich wieder auf, und die Hündin begleitete mich die Hälfte des Weges.

Von da an besuchte ich sie jeden Montag. Gegen Abend, denn vormittags war ich mit meiner Mutter unterwegs und sie mit Cristina, einer Nachbarin, mit der sie befreundet ist. Gelegentlich ging ich an anderen Nachmittagen hin, ohne dass Montag war, aber als der Frühling begann, waren die Montage so etwas wie mein Wochenende, wie ein Geschenk oder ein Dessert, und manchmal gab sie mir zum Kaffee Kirschen oder Mispeln oder Pfirsiche oder Mandeln, und ich sagte ihr nicht, dass ich gar keinen Kaffee mehr trank, dass ich ihn nur trank, weil ich bei ihr war und weil ich sie gern besuchte. Dieser Besuch war der menschlichste und beständigste und längste und ruhigste Kontakt, den ich außer meiner Mutter hatte. Mia hat die Ausgeglichenheit von Glut, sie entspannt dich, weckt wieder die Lust zum Lachen in dir, die Lust auf Kaffee, auf den Sommer oder den Herbst oder was immer an der Reihe sein mag. Ihr Gesicht ist wie ein Baum, mit Augen wie zwei Marienkäfer, und ihr Mund, stumm, und der Frieden, den sie atmet, bis sie unvermittelt etwas Spitzes sagt, als schwelte die ganze Zeit ein Feuer in ihr, ohne dass ich es bemerkt hätte.

Und dann holte sie eines Abends eine Flasche Whisky hervor und sagte, heute würden wir *carajillos* machen. Ich hatte seit einer Ewigkeit keinen Whisky mehr getrunken, und ich legte die Hände auf den Tisch, und wir tranken Kaffee mit einem Schuss Whisky. Der Whisky öffnete eine Tür in meinem Inneren, und ich sagte, es waren einmal ich und Clara, und wir lagen aneinandergeschmiegt im Bett und schliefen. Es waren einmal zwei Männer, die in unser Haus eindrangen. Einer hatte eine Pistole, und er scheuchte uns aus dem Bett und zwang uns, auf dem Teppich niederzuknien. Und er zielte mit der Pistole auf meinen Kopf, und ich senkte den Kopf wie ein Hündchen, und Clara schrie auf, und der Mann schrie noch lauter, weil er uns erschrecken wollte, aber wir waren bereits erschrocken, und vor lauter Geschrei und Gefuchtel mit der Pistole drückte er ab, und die Kugel fuhr in meinen Schädel und wieder heraus. Und dann nehme ich ihre Hand und lege sie auf den Vogel, die Narbe unter meinem Haar. Und während sie den Vogel berührt, gebe ich ihr einen Kuss, und dann sagt sie, ich könnte deine Mutter sein. Und ein anderes Mal wird sie sagen, ich bin nicht deine Mutter. Getrennt durch das, was dazwischen geschehen wird. Und wenn sie mich mit neunzehn Jahren bekommen hätte, oder mit achtzehn, ich weiß es nicht, aber ich stelle es mir vor, dann könnte sie meine Mutter sein. Aber meine Mutter wird sie niemals sein, selbst wenn sie es wollte und ich es wollte, doch ich will es nicht, und sie will es auch nicht. Ich gebe ihr einen Kuss, und es ist ein Kuss auf den Mund, und sie erwidert ihn, umarmt mich, und manchmal bin ich noch, wie ich früher war. Und manchmal bin ich, als wäre ich nie der gewesen, der ich früher war, als ob mir durch das Loch im Kopf alles abhandengekommen wäre.

LLUNA

Was ich am liebsten mag, ist, wenn sie pfeift. Mit den Fingern im Mund. Denn dann laufe ich los. Ich laufe so schnell ich kann und springe und fliege wie einer dieser kleinen Vögel, nach denen man schnappen möchte, weil sie hübsch und flink sind, und dann zubeißen und spüren, wie sämtliche Knochen brechen. Wenn sie pfeift, stürme ich über Gras und Zäune und Steine. Auf den Pfiff zu. Ich fliege über Gras und Zäune und Steine. Auf den Pfiff zu, der zwischen den Fingern aus ihrem Mund kommt. Und ich würde rennen und über das Auto springen, wenn nötig, und über das Haus, wenn nötig, und über alle Gefahren. Alle Hindernisse überwinden, drüberweg, mittendurch oder drumherum. In Windeseile, denn wenn sie gerettet werden müsste, würde ich sie vor allem Bösen retten. Jedem Tier, das ihr etwas antun wollte, würde ich an die Kehle gehen, jedem Menschen, der ihr etwas antun wollte, jedem Ding, das ihr die Haare zu Berge stehen, das Herz zu schnell schlagen, sie Angstschweiß schwitzen lässt. Mit den Zähnen würde ich das Fleisch aufreißen, und das Blut würde spritzen, und ich würde immer weiter zubeißen und Fleisch zerfetzen, das ganze Maul warm vom Blut, würde ich meine Reißzähne immer tiefer hineinschlagen. Deshalb renne ich, ohne Erbarmen, um sie zu retten, weil sie mich mit ihrem Pfiff gerufen hat und ich sie verstanden habe. Weil ich sie liebe. Weil sie, sobald ich da bin, gerettet ist. Und manchmal, wenn ich hechelnd ankomme, streichelt sie mir sanft die Stirn und den Rücken und sagt, das hätte ich fein gemacht, und sie sagt mir nette Dinge, die ich nicht verstehe, aber doch verstehe. Und in diesem Streicheln liegt all ihre Liebe, und in meiner Hast, sie zu retten, liegt all meine Liebe.

Das Zweitliebste sind mir ihre Hände, wenn sie mich anfasst. Und das Drittliebste sind mir die Kinder. Die, die laufen können. Die alle Spiele kennen und lachen und mich streicheln mit Händchen, die sich anfühlen wie saubere Fliegen. Auch die Kinder, die uns alle Zwiebeln von der Veranda genommen und aufs Dach geschleudert haben, mag ich gern. Ich mag sie alle gern, sogar die Neugeborenen, wie Pilze, die ich nicht mal anschauen darf. Alle außer denen, die mit Steinen nach mir werfen.

Die Zwiebeln hatte sie in ihrem Gemüsegarten selbst geerntet. Sie trocknete sie draußen auf dem Tisch, alle gebündelt und fertig zum Aufhängen. Dann kamen die Kinder. Wie ein Fest. Und sie lachten, und ich sprang vor Freude, weil sie mich besuchten. Der lustige Junge, der einen kugelrunden Kopf hatte und nach Wurst roch, langte sich die erste Zwiebel. Wie ein Spiel. Und dann langten sich die anderen auch eine, und alle warfen damit herum. Und wenn sie mir eine Zwiebel zuwarfen, holte ich sie mir und biss hinein und hatte den Zwiebelsaft unter der Zunge, rau wie Pfützenwasser. Sie schleuderten die Zwiebeln hoch, hoch und noch höher, weil sie nicht da war und weil es Spaß machte. Weil die Zwiebeln rund waren und glänzend und schön, und weil sie auf dem Dach liegenblieben und an der Mauer des Hauses zerplatzten, und weil es ein Streich war und eine Ungezogenheit, und weil der ganze Garten voller Schalen lag, als hätten wir sie alle miteinander aufgegessen, und weil es aufregend war und lustig aussah. Und ich freute mich so sehr, dass sie mich alle besuchen kamen, alle die Nachbarskinder, die nach Vesper und nach süßen Säften dufteten, von denen sie immer sagte, nein, Lluna, das kannst du nicht trinken, du darfst das nicht trinken. Sie werden mir so lang, die Tage, an denen sie nicht da ist, so lang wie ein ganzes Leben. Sie kommt immer wieder zurück, und ich habe schon begriffen, dass sie immer zurückkommt, aber manchmal stelle ich mir noch vor, dass sie nicht zurückkommt, und dann leide ich. Dann weine ich vor mich hin. Ich weine und weine und weine, und niemand hört mich.

Als die Zwiebeln alle waren, verschwanden die Kinder. Und ich musste nicht lange warten, denn kurz darauf kam sie nach Hause, und ich sagte hurra, hurra, hurra! Ich hüpfte vor Freude, sie stieg aus dem Auto und ich wuselte um ihre Beine, und dann sah ich plötzlich, wie sauer sie war. Erst schaute sie mich an, als wäre das alles meine Schuld. Und dann sah sie die Zwiebeln auf dem Dach. Die an der Fassade zerplatzten Zwiebeln. Und das konnte nicht meine Schuld sein. Sie ging zwischen den Schalen herum, beschattete die Augen mit den Händen und schaute hinauf zum Dach und sah all die dort klebengebliebenen, zermatschten Zwiebeln, und dann hörte ich sie, lange bevor sie sie hörte. Die Kinder kamen zurück! Sie kamen zurück, und diesmal sprachen sie leise und traurig. Und als ich sie sah, hielten sie sich an den Händen. Sie ließen die Köpfe hängen und lachten nicht mehr. Sie kamen, und ich wollte weiterspielen, wollte mit allen spielen, mit den Kindern und mit ihr, wir alle zusammen. Doch die Lage erforderte mehr Ernsthaftigkeit meinerseits, und ich setzte mich hin. Die Kinder gingen auf sie zu, und sie ging ihnen entgegen, und die Kinder sagten, es tue ihnen leid, es tue ihnen leid, dass sie ihr alle Zwiebeln kaputtgemacht hätten, und es tue ihnen leid – mit eingezogenem Schwänzchen –, die Zwiebeln aufs Dach, gegen die Hausmauern und in den Garten geworfen zu haben. Und sie antwortete ihnen mit der

Stimme, mit der sie redet, wenn ich mich nicht beherrschen konnte und Schuhe zerkaut oder Sachen gekostet habe, die sie auf den Müll werfen wollte. Und dann befahl sie ihnen, die Schalen im Garten aufzusammeln. Und als die Kinder wieder gingen, beschlossen wir, ihnen zu verzeihen.

Meine viertliebste Beschäftigung ist Sachen kosten. Ich muss aufpassen, leise und schlau sein, wenn ich etwas probieren will, denn sie sagt immer, nein, für dich Hundefutter, Lluna, Hundefutter und ab und zu einen Knochen oder ein paar köstliche Essensreste, aber keine Melone, keine Melone! Und dabei ist Melone das erfrischendste Vergnügen im ganzen Universum, und kein Brot, kein Brot! Und keinen Wein und kein Bier und keine Steine und keine Kacke, und ich, die ich alles probieren muss, weil alles einen Geschmack hat und alle Geschmäcker verschieden sind, und ein und dieselben Sachen auch immer einen anderen Geschmack haben, und ich alles will, auch wenn sie sagt, nein, das nicht und das nicht. Ich will es. Sie trinken Kaffee, und zu den Hunden sagen sie, nein, das kannst du nicht trinken, aber ich kann alles trinken. Kaffee und Schnaps und Saft und Wein. Alles. Heute ist der Mann mit dem Stock gekommen, und sie trinken Kaffee. Und Whisky. Nein, für dich ist das nichts, Lluna, nein …, sagen sie und lachen. Und sie lachen immer mehr, und je mehr Gläser sie trinken, desto näher rücken sie zusammen. Und sie verbinden sich mit ihren Mündern, sie und der Mann, als wollten sie Wasser aus einem Brunnen trinken, als hätten sie großen, großen Durst und großen Hunger, und dann stehen sie auf und wollen keinen Kaffee mehr. Solange sie nicht herschauen, probiere ich den Kaffee und den Schnaps, leise, ohne etwas zu zerbrechen, ohne ein Geräusch, mmmmmh …, und schon weiß ich nicht mehr, was ich will, Kaffee trinken, jetzt, da sie weggehen, oder den

Stock benagen, jetzt, da er ihn hier zurückgelassen hat, oder ihnen folgen, jetzt, da sie sich ins Schlafzimmer verziehen. Ob Kaffee trinken, den Stock benagen oder … Wir gehen ins Schlafzimmer. Und dann entblößen sie ihre Haut, die sie immer mit Kleidern bedeckt haben, als wäre ihnen kalt ohne Fell, und dann kommen die Gerüche. Die Gerüche, die ihnen entströmen, sind erregend und beglückend, und ich mag sie, und ich will sie kosten. Es riecht nach Feuchtigkeit, denn wo es feucht ist, finden sich alle Gerüche. Hastig legen sie ihre Kleider ab. Unter den Armen ist der Geruch sauer und kratzig. Die Geschlechtsteile riechen stark und scharf, und die Gerüche haften auf der Zunge und in der Nase, und du willst sie riechen, und du willst sie schmecken, weil du fürchtest, sie könnten aufhören, denn der Geruch des Geschlechts weckt den Durst und die Neugierde und die Lust, sich zu paaren. Hintern haben einen komischen, verdrehten Geruch, viel interessanter als der Geruch der Füße, der langweilig und im Grunde nicht anders ist als der der Schuhe, auf denen es sich so schön herumkauen lässt, weil sie die Form von Ratten haben, nicht etwa weil sie besonders gut riechen oder schmecken.

Und dann berühren sie sich mit den Händen. Mit denselben Händen, mit denen sie mich berühren. Und sie streicheln sich gegenseitig, wie sie mir den Kopf streicheln, nur an den Brüsten, die prall sind wie die von Kühen, nicht wie die von Hunden und Katzen, und an diesen blassen Hinterteilen, wie unbehaarte Tiere sie haben. Mit Kraft und Rhythmus streicheln sie sich, als suchten sie nach etwas Vergrabenem. Und ihre Geschlechtsteile werden dick und rot, und ihr Geruch ist noch besser und noch feuchter. Und ich freue mich, weil sie sich freuen, und weil die Hände überall sind und die Geräusche überall sind, und ich will, dass der Geruch mir tief in die Nase dringt und für immer dort bleibt. Ich wünsche mir, es käme ein Hund, und wir würden uns auch paaren. Und ich gehe um sie herum, um ihnen zuzusehen, um ihre Geschlechtsteile zu sehen, die sonst immer verborgen sind, und wenn sie sich mal zeigen, sind sie klein und friedlich und braun. Jetzt sind sie geschwollen und feucht und rot und schieben sich ineinander und bewegen sich, rein und raus, rein und raus, werden sichtbar und verschwinden, werden sichtbar und verschwinden, und die beiden umarmen sich Bauch an Bauch, nicht von hinten, und ich möchte meine Schnauze genau dahin stecken, wo sie sich paaren, es riecht so gut, und wie gut es erst schmecken muss, und da sagt sie, Lluna!, Lluna bin ich und niemand sonst!, und sie lösen sich voneinander, und der Geruch überschwemmt alles, und sie steht auf und packt mich am Hals und zieht mich weg. Ich möchte lieber bleiben. Ich lecke ihre nackten Knie, und sie zerrt an mir. Und als ich draußen bin, weiß ich schon, dass sie die Tür zumachen wird, und sie macht sie zu. Anfangs bleibe ich hinter der Tür, denn die Geräusche von drinnen sind angenehm, außerdem habe ich noch immer diesen Geruch in der Nase. Aber dann fällt mir ein, dass draußen ein frisches Lüftchen wehen dürfte, und kann sie mir schon vorstellen, die Mäuse im Gesträuch, die hervorkommen, weil der Abend ruhig und kühl ist. Und ich kann mir die Katzen vorstellen, die ihnen auflauern. Und wo es lauernde Katzen gibt, böse Katzen, lästige Katzen, hässliche, widerwärtige Katzen, müssen sie verscheucht, gejagt und getötet werden.

IV

DER BÄR

Ich bin der Bär. Ich bin der Bär. Wir sind die Bären. Wir haben sehr lange geschlafen und sind aufgestanden. Wir kommen, um zu holen, was uns gehört. Wir kommen, um zurückzufordern, was uns gehört. Wir kommen, um das zu rächen, was unser war und uns genommen wurde. Meine Tatzen stampfen die Erde. Wacht auf, ihr Männer, die ihr Jagd auf uns gemacht habt. Ich reiße wild das Maul auf und stoße das heisere, dunkle Brüllen einer wütenden Bestie aus. Zittert, ihr Männer, die ihr uns getötet, uns das Fell abgezogen, uns vertrieben habt. Ihr Männer und Frauen, die ihr hinterher zufrieden gelacht habt. Gelacht, weil ihr so mutig wart. Alle zusammen. Mit diesen mickrigen, weißen Pfoten, die aus dem Hinterhalt morden. Mit diesen kleinen, harmlosen Waffen, die aus dem Hinterhalt morden. Hier waren wir. Als Erste. Lange vor den Männern und Frauen. Wir waren zuerst hier, und diese Berge, diese Kälte, dieser Himmel, dieser Wald und dieser Fluss und alles, was darin ist, Fische und Blätter, gehörten uns. Wir waren die Herren. Und dann kamt ihr. Abscheuliche Menschen, die töten, was sie nicht essen. Menschen, die alles haben wollen, alles an sich reißen. Ihr kamt mit euren feigen Schafen und euren feigen Kühen und euren feigen Pferden. Ich brülle. Zu Füßen der Berge habt ihr eure Siedlungen gebaut und behauptet, die Berge gehörten euch, ihr Raubmörder. Und wir seien Fremde, Fremde im eigenen Haus. Und uns scharenweise umgebracht. Nur feige Tiere töten, was sie nicht essen. Ich brülle immer weiter und immer lauter, und sehe unten im

Tal schon das Dorf. Schlottert, ihr Memmen. Ihr Herdentiere. Feinde. Niederträchtige Mörderbande. Entsetzt starrt ihr mir entgegen, die ihr euch oben auf eurer Burg versammelt habt. Ihr hastet von einer Seite zur anderen wie verschreckte Hühner. Ich springe und brülle und schleudere einen Mann zu Boden wie ein Schaf. Er windet sich unter dem Gewicht meines immensen, stinkenden, schmutzigen, wilden Körpers. Ich werde dich nicht essen, du bibberndes Ding. Nicht einmal, wenn ich vor Hunger und Traurigkeit halbtot wäre. Nicht einmal, wenn ich aus dem längsten aller Winter erwacht wäre und es nichts Essbares mehr auf der Welt gäbe, würde ich dich essen. Ich will nur deine Angst. Schrei lauter. Schrei. Schrei! Wir rollen über den Boden, und die Schüsse ertönen. Ich bin blind vor Raserei. Blind vor Leidenschaft. Blind vor Gier nach meinem langen Schlummer. Geblendet von den Schlägen gegen meinen Kopf, geblendet von der Gewalt. Blind in meinem Erwachen als Bestie. Verfluchtes Dorf, mein Dorf. Der Hunger der Bären, wenn sie erwachen, wird euch alle verschlingen. Er wird uns alle verschlingen. Mitsamt unserem Stolz. Lacht, solange ihr noch lachen könnt. Schreit, solange ihr noch schreien könnt. Die Bären werden sich mit dem Frühling erheben, und es wird ein grausamer Frühling werden. Ein wuchernder, tödlicher Frühling, Verbündeter der Bären, der fordern wird, was ihm zusteht, und die eingesäten Felder und übereinander geschichteten Steine zurückerobern wird. Das Gestrüpp wird euer Werk vernichten. Das Grün wird euer Werk vernichten. Die Bäume, Verbündete der Zeit, das Kraut, Verbündeter des Todes. Macht euch darauf gefasst, denn der Tag wird kommen. Verabschiedet euch. Wenn die Bären zurückkehren und verlangen, was ihnen zusteht, werdet ihr nicht mehr lachen. Wenn dieser tranige, endlose Winter vorbei ist und wir Bären nicht die Vorzeichen eines Frühlings sein werden, der euch hold ist, sondern die eines Frühlings, der über euch herfällt. Der euch einkesselt und vertreibt. Ihr werdet nicht mehr singen. Ich brülle laut. Ich knurre wie die verfluchte Bestie, die mich beherrscht, von der ich im tiefsten Inneren besessen bin. Ich bin eure Angst, die sich einmal im Jahr erhebt. Es dröhnen die Schüsse. Die Schüsse, die meine Freunde sind. Wie die Dorfleute, die meine Freunde sind. Die meine Freunde wären, wäre ich nicht der Bär. Heute bin ich der Bär, und ich kenne kein Erbarmen, nicht einmal mit den Alten. Ich trinke den Saft der Trauben wie Honig und weiche Beeren. Wie das Blut von Forellen und Schafen. Wie die Angst derer, die unter meinen Klauen sterben. Ich will mehr Leiber unter meinem Leib. Ich will Tritte, Schreie, Ringkämpfe, ich will Knochen und Fleisch, ich will Schreie und Schweiß und Hiebe. Das ist meine Bärenpflicht. Ein Bär muss wild sein. Ein Bär muss Furcht verbreiten und seine Arbeit gut machen. Toll vor so viel Angst und so viel Wut und so viel Einsamkeit und so viel Menschheit. Der Bär muss vergessen, was er vorher war und was er nachher sein wird, und nur noch Raubtier sein, der Bär werden und ein für alle Mal der Bär sein. Ich brülle lauter. Lauter. Krallen hoch, Klauen hoch, Arme hoch. Grausiges Fest, herrliches Fest, wildes, verfluchtes Fest, Fest eines verfluchten Dorfes. Meine Nachbarn. Meine Gefährten. Die ihr mich erwählt habt. Ich bin der Bär dank eurer Gunst. Wir sind die Bären dank eurer Gunst. Wir sind die Angst, erwählt von euch. Welch große Ehre, erwählt zu sein. Ich springe und knurre auf dem Weg von der Burg hinunter ins Dorf. Ihr lauft vor mir davon, Männer und Frauen. Ihr versteckt euch vor mir, Männer und Frauen und Kinder. Die Kleinen heulen. Das Dorf öffnet sich wie ein Maul, und wir erobern es zurück. Ich packe den Körper eines anderen

Mannes und schlürfe seine Angst. Das Dorf gehörte uns, bevor es Dorf war. Ich packe den Körper einer Frau und saufe ihre Panik. Wir holen uns das Dorf zurück, wie das Dickicht es sich zurückholen wird, wenn die Zeit reif ist. Ich brülle. Wir erobern das Dorf zurück wie wir den Berg zurückerobern werden, wenn die Zeit reif ist.

CRISTINA

Ich stolziere mit meinem kohlschwarzen Gesicht umher. Aufgeplustert wie eine Pute. Eingebildet wie nur was. Prahlerisch, als schwenkte ich eine Flagge aus Ruß und Sonnenblumenöl nach der Schlacht. Ein Sinnbild meiner Tapferkeit. Verwünschter Jean-Claude und zugleich geliebter Jean-Claude. Jean-Claude, der Scheißkerl! Und zugleich Jean-Claude, mein Freund! Er hat mich umgerissen. Er ist mitten in der Menge aufgetaucht, umringt von seinen drei Jägern, und hat mir zweimal den Stock zugeworfen. Alle sangen wir: Lalalalalala, la-la-lalala! Und ich und Jean-Claude tanzten. Dabei war mir ganz warm ums Herz, denn uns Frauen werfen sie den Stock nicht so oft zu. Und ich sage ständig zu ihm, wann kommt endlich das Jahr, in dem wir eine Bärin haben? Und dann antwortet er, das müssen wir ändern. Wir tanzten oder taten jedenfalls etwas Ähnliches, wir hüpften herum wie Kinder, rannten, knurrten und schwangen den langen, schwarzen, öligen Stock hin und her. Der Magen pochte mir bis zum Hals. Aus dem Augenwinkel habe ich im Getümmel meine erschrockenen Kinder gesehen, unschlüssig, ob sie davonlaufen oder ihre Mutter retten sollten. Und da hat sich Jean-Claude mit irrem Gebrüll auf mich gestürzt und mich umgestoßen, dabei hat er sich als Erster auf den Boden fallen lassen wie ein Polster aus Knochen und Dreck und meinen Körper über sich gezogen. Die Jäger haben in die Luft gefeuert, und wir sind gut zehn oder zwölf Meter weit den Burghang hinabgerollt. Meine Kinder verkrochen sich hinter Mia und Alícia, die den Sturz filmte. Dieses Jahr ist Jean-Claude der Bär. Und ich bin an der Spitze gegangen, die ganze Zeit, furchtlos allen anderen voraus, um sicher zu sein, dass er mich sehen und zu Boden werfen würde. Wenn ich den Bären nun schon einmal kenne!

Als wir nicht mehr weiterrollen, schwärzt mir Jean-Claude die Wangen. Die Jäger kommen herbei und geben uns Wein aus ihren Lederschläuchen. Sie schütten ihm mehr Ruß und mehr Sonnenblumenöl in die Hände, und er schmiert sich Arme, Gesicht und Hals damit ein. Mir helfen sie auf. Es ist das Bärenfest von Prats de Molló. Die Jäger sagen Jean-Claude, wen er als nächstes angreifen soll. Alle sind ziemlich blau. Wir auch. Ich wusste gar nicht mehr, wie urwüchsig und schön und lustig und aufregend es ist. Ich bin seit Jahren nicht dabei gewesen. Alícia noch nie. Darum bin ich die ganze Zeit vorweg marschiert. Weil Alícia sehen sollte, wie ich zu Boden geschleudert wurde. Weil sie sehen sollte, was für eine verwegene Frau sie hat. Mia dagegen war schon einmal hier gewesen, mit Jaume. Vor vielen Jahren. Aber Jaume wird nicht erwähnt.

Als der Bär weg ist, kommen die Kinder zu mir, und Pere sagt, ist dir auch nichts passiert, Mama? Und ich gebe ihm einen Kuss, um ihn ein bisschen schwarz zu machen, aber das Öl trocknet schnell und färbt kaum noch ab. Pere lacht und fährt sich übers Gesicht. Auch Júlia wischt ihm über die Wangen und verfolgt alles halb entsetzt, halb amüsiert, als hätten wir alle den Verstand verloren. Meine zwei wunderschönen Kinder. Meine zwei Kinder, die gleichzeitig aus mir herausgekommen waren, erst das eine und dann das andere, wie ein Tropfen Meerwasser und ein Tropfen Quellwasser. Runzlig und braun wie zwei Äffchen. Alícia sagte, du hast uns zu Müttern gemacht, du hast uns zu Müttern gemacht!, und sie stützte ihre kleinen Rücken, während jedes an einer

Brust saugte. Pere und Júlia lachen sich halbtot, sie halten sich den Mund zu, laufen ein Stück voraus und machen dann kehrt, weil sich dort einer der drei Bären herumtreibt. Für einen Moment packen sie mich am Pullover. Als wären sie wieder klein. So was Irres, sagen sie. Mama, du bist ja total irre, sagen sie. Ein bisschen stolz. So ein Wahnsinn. Und ich atme tief die frische, glückliche Luft dieses Nachmittags.

Nach dem Herumwälzen sehe ich die drei Bären auf der Erde liegen und die Kinder herumrennen, und der Himmel ist so blau, die Luft so frisch und die Sonne so warm, und ich denke, dass es richtig war zurückzukommen. Es war keine leichte Entscheidung gewesen, aber wir haben gut daran getan zurückzukommen. Sowohl ich als auch meine Schwester Carla haben die Gegend hier oben verlassen, kaum dass wir achtzehn waren – erst sie, dann ich, weil sie vier Jahre älter ist –, mit einem unbändigen Drang zu fliehen. Ich hatte das alles so satt, diese Berge und meine Eltern und diese Bauern und diese Nachbarschaft und diese kleinen, öden, leeren Dörfer, wo es keine Diskothek und kein Museum gab, das sich nicht der vermaledeiten Romanik gewidmet hätte, nichts. Fast erdrosselt von meiner kurzen Leine. Mit mehr Kisten voller Granaten und Munition und Bruchstücken von Gewehren, als sich im Haus unterbringen ließen. Um nicht zu ersticken, streifte ich rastlos durch die Berge. Die Berge waren meine Freunde. Jean-Claude und ich verbrachten unsere Kindheit damit, bergauf, bergab Waffenteile zu sammeln. Denn bist du erst einmal vierzehn, fünfzehn, sechzehn, siebzehn Jahre alt, willst du nur noch weg. Fort von hier. Leute kennenlernen, die Dinge erlebt haben. Richtige Dinge. Selber Dinge erleben. Du hast mit der Hälfte der Jungs im Dorf etwas gehabt und nie den geringsten Funken gespürt. Nichts von dem, was sie dir bieten können, interessiert dich. Dieser Ort drückt dich nieder wie eine Grabplatte, nervt dich unerträglich. Alles so klein, alles so gleich. Ich wollte nur raus. Ich wollte nur ein Motorrad, das man mir, nebenbei bemerkt, niemals gekauft hat. Ich wollte nur ein Auto und nichts wie weg! Ab durch die Mitte! Doch zieht's die Ziege immer wieder ins Gebirg', wie es heißt. Und so sitzt du eines schönen Tages, gut zwanzig Jahre später, mit deiner Frau an einem Tisch, und ihr habt fünfjährige Zwillinge mit verschiedenfarbigen Augen. Alle beide. Wunderschön. Einem gelblichen und einem grünlichen. Und Alícia sagt zu dir, ich glaube, ich könnte da leben, in deinem Dorf. Diese bezaubernde Frau aus Barcelona! Und du überlegst es dir gut und denkst, das könntest du auch, zurückkehren in deine Heimat. Die achtzehnjährige Cristina hätte dich erwürgt, aber du mit deinen neununddreißig Jahren könntest. Deine Eltern wollten immer, dass ihr euch den Oberstock herrichtet. Und die Kinder sind noch klein genug, um sie in eine neue Schule und eine andere Umgebung zu verpflanzen. Du hast genug von Barcelona, und deine kleine Wohnung in Sants hängt dir zum Hals raus. Es ist einmal schön gewesen, aber das ist vorbei, und vielleicht ist es jetzt einfach so weit. Und dann bekommt Alícia eine Stelle am Gymnasium in Ripoll angeboten, und damit ist alles klar. Nach einundzwanzig Jahren kehrt Cristina mit Frau und Kindern nach Hause zurück.

Júlia, die um drei Minuten älter ist, mag Geschichte, genau wie ich. Die Geschichte, die halb vergraben zu unseren Füßen ruht. Dieses Mädchen ist wie ein Stier, sie wird nicht müde und jammert nicht, selbst wenn du fünf Stunden lang mit ihr bergauf und bergab gehst. Aber ich sehe schon, dass sie mit den von fliehenden Republikanern fallengelassenen Granaten und Waffen, die ich so mag und mein

Lebtag gesammelt habe, überhaupt nichts anfangen kann. Der Bürgerkrieg, wie langweilig. Sie steht mehr auf die Iberer-Siedlungen. Die Nägel von Römersandalen. Das keltische Messer, das wir gefunden haben. Altertümer, wie sie sagt. Wahre Altertümer. Und Pere, der ungeduldige Pere, der immer alles will und zwar auf der Stelle, der dich aber so zum Lachen bringt, dass du dir in die Hose pinkelst. Der zu mir sagt, Mama, ich will mit dir Revolver suchen gehen. Oder Cris, manchmal nennt er mich Cris, und ich weiß nicht so recht, ob mir das gefällt. Cris, ich will mit dir Revolver suchen gehen. Und ich sage, Revolver sind schwer zu finden, wahrscheinlich finden wir nur Patronen oder allenfalls Granaten. Man muss sehr viel Glück haben, um einen Revolver zu finden, wenn man nur alle zwei Jahre einmal suchen geht! Es ist die Regelmäßigkeit, mit der man Kisten füllt. Die flüchtenden Soldaten brauchten sich kaum hinzusetzen, und schon fielen ihnen ein paar Kugeln aus den Taschen. Und Granaten auch, überall. Meine Falkenaugen erspähen Granaten und Kugeln sogar, ohne es darauf anzulegen. Sie haben nichts an Schärfe eingebüßt. Auch wenn diese Granate dort mehr nach einem Flusskiesel aussieht als die Flusskiesel selber. Revolver dagegen … uff, mit Revolvern und Teilen von Maschinengewehren und Flinten ist es etwas ganz anderes. Die sind wie Trüffel.

Ich war mir gar nicht bewusst, wie sehr ich an all dem hing. Dass ich das alles wirklich mochte. Als ich damals wegging, meine ich. Dass es doch mehr als Alltagsfluchten waren, wenn ich meine Streifzüge durch den Wald unternahm, um verrostete Waffen und Kugeln und Granaten und Gürtelschnallen und all das aufzusammeln, was die traurigen, verzweifelten Menschen weggeworfen hatten, die durch diese Berge gezogen waren, nachdem sie den Krieg verloren hatten.

So lernte ich Jean-Claude kennen. Im Wald. Er hatte schon ein Motorrad und fuhr, wohin er wollte. Wir begegneten uns mitten im Wald. Sehr jung. Und in all seiner Großmut sagte Jean-Claude zu mir, guck mal, was ich gefunden habe. Erst auf Französisch, dann auf Katalanisch. Und er zeigte mir einen kleinen Taschenrevolver. Rot vor lauter Rost. Wunderschön. So hübsch, dass ich ihn nicht einmal meinem Vater gezeigt hätte. Er hatte einen Revolver, und ich hatte einen Metalldetektor. Ich glaube, er fühlte sich stärker von dem Detektor angezogen als von meinen Reizen. Und wir redeten und redeten und suchten und fanden Granaten und Patronen. Jean-Claude hatte noch nie einen Detektor verwendet, und ich brachte ihm das Lied bei, das einen Piep und einen Ton und einen Klang für jedes Metall hat. Am selben Abend schenkte er mir den Revolver. Ich habe ihn immer noch. So ein Esel. Er meinte, aus uns würde mal ein Paar. Wir haben einige Male geknutscht und ein bisschen rumgemacht, aber nee, nee, gelaufen ist da nichts. Heute ist er der Patenonkel meiner Kinder. Jahrelang, von vierzehn bis achtzehn, fuhr ich auf dem Sozius von Jean-Claudes Motorrad, hopsend und ohne Helm, über die Landstraßen. Wie zwei Bergziegen durchkämmten wir die Wälder und füllten eine Plastikkiste aus dem 100-Peseten-Laden nach der anderen mit Munition und Granaten und Waffenschrott. Als ich wegzog, schenkte ich ihm den Metalldetektor. Ich weiß nicht, ob er weinte, weil ich fortging oder wegen dieses grandiosen Geschenks. Wenn also mein Vater jetzt sagt, er hätte gern eine Drohne, kaufe ich meinem Vater eine Drohne. Eine zum Aufnahmen machen. Die wolle er den Hang hinabfliegen lassen bis zum Fluss und kreuz und quer über den ganzen Berghang, sagt er, und was es da an Tieren gebe, und was wir da sonst noch alles zu sehen bekämen! Auch Felder und Wege könne man damit überwachen, wie er meint. Pere sagt, Opa, bestimmt steuerst du die Drohne gleich am ersten Tag in den Fluss! Mein armer Vater, der sein halbes Vermögen in meinen Metalldetektor gesteckt hatte.

Mit der rußbeschmierten Menge ziehen wir weiter talwärts. Als wir warten müssen, weil so viele Menschen gleichzeitig ins Dorf drängen, dass es einen Stau gibt, wirft mir Alícia die Arme um den Hals. Lass uns üben, sagte sie gestern. Cristina, wenn mich der Bär zu Boden reißt, drehe ich dir den Hals um, sagte sie. Ich lachte. Die Kinder lachten. Du brauchst keine Angst zu haben, erklärte ich, der Bär reißt nur die um, die umgerissen werden wollen, und nur Leute, die er kennt. Wir gingen hinunter zu der Wiese am Flussufer, die dick verschneit war. Anderthalb Spannen hoch. Auf der französischen Seite waren heute keinerlei Spuren zu sehen. Ich spielte den Bären. Aaaaggghhh, brüllte ich und nahm sie in einen tödlichen Klammergriff. Ich umschlang sie mit aller Kraft und ließ mich rücklings fallen, sodass sie auf mir landeten. Sie lachten übermütig. Das Adrenalin pulsierte unter ihrer Schädeldecke. Aaaggghhh, machte ich. Aaaaaaggghhhhh, machten sie.

Mia nähert sich und sagt, Cristina, ich muss mal. Ich auch! Ich muss pinkeln. Ich muss dringend pinkeln vor lauter Bier. Kinder, wollen wir mal pinkeln gehen? Aber die Zwillinge müssen nicht. Alícia auch nicht. Mia und ich entfernen uns von der Menge. Wir gehen über das Pflaster in die den Bären entgegengesetzte Richtung. Die Warteschlangen vor den Bars sind endlos. Wir gehen weiter nach unten, überqueren den Platz, wo einige Leute Pastis trinken, um wieder in Schwung zu kommen. Die Kastanienbäume, das Rathaus. Vor der Brücke biegen wir links ab und nehmen die abschüssige Straße zum Schwimmbad. Überall geparkte Autos. Dicht an dicht, sodass sie eine Barriere bilden. Ich halt's nicht mehr aus!, ruft Mia. Wir verschwinden hinter einem hohen schwarzen Jeep. Ich ziehe ein Päckchen Papiertaschentücher hervor. Eins für mich, eins für sie. Wir ziehen die Hosen und Unterhosen herunter, hocken uns hin, unsere weißen Hintern knapp über dem Boden, und pinkeln jede einen Strahl wie zwei Bäche, pssssss. Wir müssen kichern über die Vertraulichkeit des Moments, die Stimmen im Hintergrund und das Gesicht des Wagenbesitzers, falls der uns ertappt hätte …

Kurz nach meiner Ankunft hier oben fragte ich Mia, ob sie Lust habe, montags morgens mit mir wandern zu gehen. Ich streife gern durch den Wald, tue es aber seltsamerweise lieber in Gesellschaft. Und ich suchte händeringend nach einer weiteren Freundschaft hier oben. Sie starrte mich an, als käme ich von einem anderen Stern. Um gut in die Woche zu starten, sagte ich. Ich wusste, dass ihre Metzgerei montags geschlossen war, und ich arbeite von zu Hause aus und kann mir meine Zeit einteilen. Wir können es ja mal probieren, erwiderte sie. Und wir probierten es, und jetzt wandern wir jeden Montag. Regelmäßig. Sogar am Ostermontag. Vor meiner Rückkehr ins Dorf hatten Mia und ich uns kaum gekannt. Nicht näher. Wir kannten uns als Nachbarinnen. Als Kinder. Als ich ein kleines Mädchen und sie eine Halbwüchsige und später eine junge Frau war. Sie war sehr hübsch. Auf eine Art, die nicht auffiel, wenn man nicht genau hinschaute. Ein bisschen wollte ich sein wie sie, hübsch, aber kühn, mit runden, sinnlichen Armen, und ich wollte einen Jungen wie Jaume, der mich lieben sollte, wie die beiden einander liebten. Oder nein. Weg mit Jaume. Mir gefiel Mia. Sie gefiel mir wahnsinnig, noch bevor ich es ganz verstanden hatte. Etwas an Mia ist sehr sinnlich. Sehr intim. So sehr, dass du dir wünschst, sie möge dich in Betracht ziehen. Sie gefällt mir immer noch, aber ich begehre sie nicht mehr. Alícia ist meine große Liebe. In alle Ewigkeit. Die Mutter meiner Kinder. Und Mia ist heute eine gute Freundin. Auch wenn sie eines Tages sagt, unvermittelt und fast aggressiv, sehr ernst, mit einem Ernst, so kalt wie eine Klinge: »Nein. Ich will nicht, dass du von Jaume sprichst. Das ist Zeitverschwendung.« Und mir vor lauter Schreck, ihr zu nahe getreten zu sein, das Herz bis zum Hals klopft. Dabei habe ich eine Unmenge Fragen an sie. Fragen über die Zeit ihrer Liebe. Über den Hunger nach Liebe, den sie in mir weckten, als ich noch ein kleines Mädchen war. Über Hilaris Tod. Darüber, wo Jaume jetzt ist. Und ob sie einander je wiedergesehen haben. Die Neugierde nagt in mir wie ein Holzwurm. Mia ist schlau, sie hat diese Berge gewählt. Und sie beklagt sich nicht. Obwohl die Sache mit Jaume ein Jammer ist. Und Hilaris Tod eine Riesenscheiße. Eine Tragödie. Am besten gar nicht daran denken.

Aber mit Mia und Jean-Claude ist es lustig. Wenn sie zusammen sind, meine ich. Wenn sie beide zufällig bei uns vorbeikommen oder wir gemeinsam zu Abend essen und hinterher noch gemütlich beim Ratafia sitzen – den sich Mia und Alícia in einem Strahl direkt in den offenen Mund rinnen lassen –, und Mia Französisch übt. Sie vergleicht Wörter. Was heißt Fenster auf Französisch?, will sie wissen. *Fenêtre*, sagte Jean-Claude. Klar, *fenêtre*. Fenster, *fenêtre*. Was heißt Wasserhahn? *Robinet*. Das klingt hübsch, *robinet*. Man versteht es nicht, und trotzdem versteht man es, *robinet*. Jean-Claude und seine Engelsgeduld. Mia gegenüber deute ich einmal vorsichtig an: »Und was ist mit Jean-Claude?« Und sie wedelt mit den Händen, als verscheuchte sie Fliegen. Mit Jean-Claude, gar nichts. Seit einiger Zeit trifft sie sich mit einem jungen Mann aus der Nachbarschaft. Sie spricht nicht viel darüber, aber manchmal begegnet er mir montags, wenn wir von unserer Wanderung zurück sind. Ein sonderbarer Junge. Er geht am Stock. Hübscher Kerl. Oriol heißt er. Na ja, und wenn ich das Gefühl hätte, es ginge ihr nicht gut, könnte ich sie darauf ansprechen. Aber es geht ihr offensichtlich gut, und so sage ich nichts.

Das hier erzählte Mia, bevor sie sagte: »Nein. Ich will nicht, dass du von Jaume sprichst. Das ist Zeitverschwendung.« Sie flüsterte: »Wir haben euch Waldkobolde genannt und so getan, als wärt ihr Zauberwesen.« Und wir prusteten beide los, weil wir wussten, wovon sie sprach, ein kindliches, verschämtes Lachen. Ein schuldbewusstes Lachen. »Wir haben behauptet, ihr bringt Glück.« Das Lachen von Kindern an der Grenze zwischen dem, was sie wissen, dem, was sie nicht wissen, und dem, was sie ahnen. Sie schämte sich halbtot, als sie gestand, sie hätten zugelassen, dass wir sie beobachteten. Und ich schämte mich halbtot, als ich zugab, dass wir sie beobachtet hatten. Sie und Jaume hatten sich umarmt und geküsst und geleckt und sich mitten im Wald nackt ausgezogen. Ich und meine Schwester Carla hatten uns versteckt und zugeschaut. Und wir begriffen, und wir begriffen nicht. Aber um ehrlich zu sein, begriffen wir mehr, als wir uns anmerken ließen. Sie waren so schön. Ihre Haut war hell wie Marmor. Ihre Art, sich zu bewegen, löste Gefühle in uns aus, die wir noch nicht einordnen konnten. Es war ein Spiel. Eine Lektion. Die Evolution des Spiels, die Eltern zu bespitzeln, führte zu dem Spiel, die Nachbarn zu bespitzeln, wenn sie in den Wald gingen, um einander zu befummeln. Wie peinlich. Doch hat wohl mehr oder weniger jedes Kind irgendwann einmal solche Dinge getan. Wie peinlich. Aber durch die gegenseitige Beichte der Heimlichkeiten im Wald entstand eine Vertrautheit, als wären wir schon seit jeher

Freundinnen, Mia und ich, als gäbe es zwischen uns so etwas wie Verschworenheit. Eine unerschütterliche, innige, warme Zuneigung, die nicht einmal durch die Kälte ihres »Schluss. Ich will nicht, dass du von Jaume sprichst. Das ist Zeitverschwendung« ins Wanken geriet. In Ordnung. Dann sprechen wir eben nicht von ihm, sagte ich. Sprechen wir von Jean-Claude, und sie fing an zu lachen und gab mir ein paar Klapse auf den Arm. Sprechen wir übers Wetter. Sprechen wir über meine Kinder. Sprechen wir über meine Frau. Sprechen wir über diesen Schreibklub, den wir schon so lange gründen wollen und es doch nie tun.

Nachdem wir hinter den Jeep gepinkelt haben, gehen wir wieder hinauf zu den anderen und suchen Alícia und die Kinder. Ich bin glücklich. Und ein bisschen betrunken. Ich lege ihr einen Arm um die Schultern und schüttele sie. Miaaaa!, schreie ich. Cristinaaaa!, antwortet sie. Jetzt werden die Barbiere kommen, ganz in Weiß, und die Bären scheren.

DER HAFERTANZ

Ich trinke noch einen Schluck Bier. Fina will nicht, dass wir bei der Arbeit trinken, aber heute ist Fina nicht da. Und Quim – der andere Chef und Finas Bruder – ist draußen, wo er den ganzen Abend lang raucht, Nachrichten verschickt und sich aus allem raushält. Ich trinke, weil die Zeit in dieser Bar sonst überhaupt nicht vergeht. Und Núria, die hinter dem Tresen steht, trinkt, weil sie sonst die Biere, die sie nicht selbst trinkt, denen, die am Spätnachmittag hier herumhängen, auf dem Schädel zertrümmern müsste. Zurzeit sind nur Núria und ich in der Bar. Ich koche. Ein paar Mettwürste und ein paar Schweinesteaks und zwei Lammkoteletts und weiße Bohnen aus der Dose und ein paar Schinken-Käse-Toasts und Eier und Pommes frites und Salate, und anschließend putze ich. Wenn ich alles sauber habe, verlasse ich die Küche und helfe Núria, Biere servieren. Früher waren wir zu dritt. Núria, ich und der Fehlgriff. Der Fehlgriff hieß Moi. Moi war aus Sant Hilari. Und er war ein Ekel wegen seiner Art, zu reden und zu denken und Núria mit den Augen zu verschlingen, wann immer sie ihm den Rücken zuwandte. Einmal hätte ich das Ekel um ein Haar erschlagen und wäre wieder ins Gefängnis gewandert. Dabei hatte ich ihn wirklich nicht umbringen wollen. Ich frittierte gerade paniertes, gefrorenes Hähnchen, und das Ekel trieb sich in der Küche herum, obwohl er dort nichts verloren hatte und erst recht nicht die Finger in sämtliche Töpfe tunken durfte, um sie hinterher in seinen widerlichen Mund zu stecken. Er sollte sich mit Núria um die Bar kümmern. Aber mit diesem blöden Hang, alles anzufassen und überall im Weg zu stehen, unverrückbar wie ein Felsen, und wie eine Hyäne darauf zu lauern, dass etwas für ihn abfiele, gab er mir einen Stoß, sodass sich das siedende Öl aus der Pfanne über mein Bein ergoss. Die Narbe sieht man immer noch. Vor Schmerz und Zorn drehte ich durch. Ich dachte, du Dreckskerl, das ist das erste und letzte Mal gewesen, dass du mich verbrennst, ich will dich und dein Rattengesicht nie wieder in meiner Küche sehen. Und ich packte die Pfanne mit beiden Händen beim Stiel und wollte sie mit voller Wucht gegen die Küchenwand krachen lassen, damit er sich vor Schreck in die Hosen machte. Ich wollte nicht ihn treffen. Ich schwöre, dass ich ihn nicht treffen wollte. Er sollte sich nur in die Hosen machen. Doch statt gegen die Wand schmetterte ich ihm die Pfanne in den Rücken. Mit all meiner Wut. All meinem Zorn. Und er kippte um. Wie ein Sack. Groß und schmierig, wie er war. Ich dachte, ich hätte ihn umgebracht. Und ich dachte, Himmelherrgott, Jaume, was hast du angerichtet? Und ich sah einen finsteren Weg aus Plastikstühlen und grauen Polizeirevieren und dem hässlichen Gang der Polizisten und dem schlurfenden Gang der Wachen und dicken Glasscheiben und Schmutzecken und Fliesen wie in einer Schule oder einem Krankenhaus, nur, wenn möglich, tausendmal trister. Und dann regte er sich. Hätte ich ihn am Kopf oder im Genick erwischt, wäre er tot gewesen. Er schrie wie ein Huhn. Er schrie wie die Hyäne, die er war, wie ein Maulesel, er schrie und schrie und schrie, du spinnst, du hast sie nicht mehr alle, du bist ja völlig übergeschnappt, du Arschloch, schrie er, und die Augen traten ihm aus den Höhlen vor Entsetzen, und in seiner Panik spürte er anscheinend nicht einmal den Schmerz. Und ich stand über ihm, die Pfanne in der Hand, und dachte, dass ich jetzt zwei

Möglichkeiten hatte. Den Rückzug antreten und ihn um Verzeihung bitten, damit er es Fina und Quim erzählte und ich meine Arbeit verlor und er mich demütigen konnte und ich um Vergebung flehen musste, jeden Tag und bis in alle Ewigkeit. Oder weiterzumachen wie gehabt, einfach fortzufahren, schließlich hatte ich ihn ja nicht umgebracht, und auch wenn er sich eine Woche lang nicht bewegen konnte, war er immerhin am Leben, verflucht noch mal. Und so bückte ich mich und flüsterte ihm in sein Rattenohr: »Wenn du das nächste Mal meine Küche betrittst, bringe ich dich um.« Und er wiederholte, du spinnst, du spinnst, du spinnst, und tags darauf packte er seinen Kram. Jetzt gibt es nur noch Núria und mich in der Bar. Fina kommt ab und zu vorbei, um Befehle zu erteilen und sich Gin Tonics zu mixen. Und Quim kommt auf ein paar Biere, raucht vor der Tür und versendet Textnachrichten an Frauen. Und es geht uns gut.

Ich nehme wieder einen Schluck Bier. Das beste Essen mache ich für mich und Núria. Im Gegensatz zu allen anderen Restaurants auf der Welt, wo man die Angestellten mit Nudeln und Reis abfüttert, als wären sie Tauben, um ihnen billig die Mägen zu füllen. Jetzt, da nur noch Núria und ich zu verköstigen sind, koche ich für uns besser als für die zahlenden Gäste. Ich bereite Salate mit Vinaigrette für sie, und gelegentlich kaufe ich eine Entenbrust für uns beide. Wenn es sein muss, von meinem eigenen Geld. Oder ich hebe ihr das dunkelste Steak auf. Und ich ermahne sie, verflucht noch mal, nicht so viel zu rauchen, als wäre ich ihre Mutter. Sie ist noch keine fünfundzwanzig, warum, zum Teufel, muss sie so viel rauchen? Hier rauchen alle, als hätte es ein Rauchverbot in Lokalen oder die Horrorbilder auf den Zigarettenschachteln nie gegeben. Hier rauchen schon Dreizehnjährige wie die Schlote. Nach drei Uhr, wenn geschlossen ist, sogar drinnen. Wenn wir nur noch ein paar wenige sind oder Núria und ich allein zurückbleiben und die Kühlschränke auffüllen, dann rauchen und trinken wir. Selbst ich rauche mit, obwohl mich das Rauchen anwidert. Aber am Morgen stehe ich trotzdem zeitig auf. Ob ich getrunken und geraucht habe oder nicht. Ich gehe ein Stück oder erledige, was anliegt. Wenn man nicht früh aufsteht und ein Stück geht, macht einen die Nachtarbeit seelisch kaputt. Nichts als Trinken, Rauchen und die Geschichten von Pechvögeln. Das ist schlimmer als im Gefängnis zu sitzen. Auch wenn das nicht wahr ist. Auch wenn man das so nicht sagen darf. Denn dieser Ort hat sein Gutes. Erstens und vor allem anderen den Montseny. Den Matagalls, die Agudes, all die Quellen … Zweitens die Leute, die sind in Ordnung, und sie kommen zurecht, einschließlich der Pechvögel, die bei uns in der Bar sitzen. Fina weiß, dass ich im Gefängnis war, weil ich jemanden getötet habe, und das genügt fast überall, damit man dich nicht haben will, aber hier nicht. Und, drittens, gehen zu können, wohin du willst, wann du willst, auch wenn du letztlich gar nicht weggehst. Selbst bestimmen, wann du aufstehst, wann du kackst und wann du isst. Wenn du das nicht bestimmen kannst, lebst du halb wie ein Hund. Deshalb habe ich keinen Hund, obwohl ich Tiere sehr mag, aber ein Hund ist ein Gefangener seines Herrn und bestimmt weder, wann er frisst, noch, wann er scheißt. Und obendrein ist er auch noch verpflichtet, seinen Herrn zu lieben. Ich nehme noch einen Schluck. Diese Berge sind anders als die daheim, denen sie trotzdem ähnlicher sind als viele andere Berge, denn sie gehören zum selben Landstrich. Ah, um aber auf die Leute zurückzukommen, die Leute in dieser Gegend, die sind schwer in Ordnung. Ich wende Miquel Gras' Bratwurst und trinke wieder. Sogar Fina, die mich nicht trinken lässt, ist in Ordnung, und wenn sie sich mal keine allzu großen Sorgen macht, ist sie sogar witzig, und so bin ich geblieben, und die Jahre vergehen, und alles ist gut. Diesem Miquel Gras, der die Bratwurst bestellt hat, sollte man das Maul mal richtig stopfen, mit Wurst und Bohnen und allem, was reinpasst, damit er mit seinem üblen Gerede aufhört, denn er braucht nur den Mund aufzumachen, und schon stiftet er Unfrieden, hetzt die einen gegen die anderen auf und tratscht alles weiter, worüber man nicht spricht, und alles, was dieser über jenen gesagt, und alles, was jener falsch gemacht hat. Ein Mann, der einen Mordshaufen Bosheiten und Missverständnisse hinter sich herschleift. Dennoch hat er zwei Söhne und zwei Töchter, dieser Miquel, und etliche Enkel, sodass er das Auto verkaufen und sich einen Kleinbus anschaffen musste, und ich meine, wenn ihn diese ganze Horde aus Söhnen, Töchtern und Enkelkindern liebt, dürfte er unter seiner bösen Zunge sicher auch etwas Gutes haben. Und ich nehme seine Wurst vom Feuer. Auch Montserrat war heute hier und hat ganz allein ein Baguette mit Schweinesteak und Käse und drei Tellerchen Oliven verspeist. Montserrat kann man mit allem zum Lachen bringen, es sei denn, man erwähnt ihren Ruhestand. Ob sie schon in Rente sei, ob sie noch nicht in Rente sei, ob sie denn nicht schon vor Monaten ihren Abschied gefeiert habe und trotzdem weiter arbeiten gehe, doch wehe, du ziehst sie damit auf, dann wird sie sauer und haut ab, ohne zu bezahlen. Sie bezahlt dann beim nächsten Mal, aber wenn sie wiederkommt und du dich nicht mehr an deinen Scherz erinnerst, kannst du was erleben.

Und dann gibt es da noch die Jugendlichen, auch ganz nette Typen. Die einen mehr, die anderen weniger. Aber für gewöhnlich kommen sie, um sich zu unterhalten, Fußball zu gucken und ein Bier nach dem anderen zu trinken, aber essen, also was Richtiges, was man als Mahlzeit bezeichnen könnte, das tun sie höchstens, wenn sie vom Training kommen und vor Hunger fast umfallen. Und dann wollen sie immer nur Hamburger. Vor ungefähr einem Jahr verunglückte eine Gruppe junger Leute tödlich, was das Dorf noch nicht verwunden hat. Und wann immer die Rede davon ist – die Leute sprechen nun mal gern über tragische und makabre Dinge –, verschwinde ich. Denn sie waren alle betrunken gewesen und hatten im Auto herumgealbert und waren von der Straße abgekommen, irgendwo draufgekracht und alle fünf gestorben. Dieses Dorf ist klein genug, sodass jeder mit dem Vater oder der Schwester des einen oder anderen von ihnen bekannt ist. Ich stelle sie mir vor, wie sie im Auto lachen und rauchen und Spaß haben, in den Adern so viel Blut, so wenig Leiden, so viel gute Laune und so viel Leben. Und ich denke daran, was sie wohl als Letztes gesagt haben mochten, bevor der Wagen ausgeschert war und bumm. Eine Sekunde Schmerz, eine Sekunde Angst, wenn überhaupt, und dann nichts mehr.

Núria kommt in die Küche und sagt zu mir:

»Jaume, schlaf mir nicht ein hier hinten«, und dabei lächelt sie auf eine Art, dass du nicht weißt, was du sagen sollst. »Zwei Rindersteaks mit Pommes für Assumpta und Marc von Can Sala.«

Und ich antworte:

»Schon unterwegs.« Und kaum habe ich das gesagt, fühle ich mich schrecklich nutzlos. Der Plastikvorhang verschluckt sie.

Die Kartoffeln schäle und schneide ich selbst und lasse sie den ganzen Abend in Wasser liegen. Ich nehme die Steaks in ihrem wässrigen, hellroten Blut aus dem Kühlschrank, und ehe ich sie auf die Grillplatte werfe, strecke ich kurz den Kopf raus und sage:

»Gib mir ein Bier.«

Núria ist in Ordnung, weil sie mich wegen so was nicht maßregelt oder nervt. Sie nimmt ein Bier, öffnet es, reicht es mir und macht weiter. Später wird sie mit ihrem Fuchsgesicht wieder ihre bissigen, gemeinen Witze reißen, aber über Dinge wie Alkohol am Arbeitsplatz oder am Steuer kann sie sich nicht aufregen. Und ich sage danke und lege die Steaks auf die heiße Platte. Die Salas, die die Steaks bestellt haben, sind ziemlich durchgeknallte Hippies, die sich zum Kiffen in den Montseny zurückgezogen haben und von denen du nie weißt, wie sie drauf sind. Mitunter zanken sie und schreien sich an, dass du schon befürchtest, sie würden gleich mit den Stühlen schmeißen, und mitunter lachen und trinken sie und setzen sich dann ins Auto, um in Vic oder Girona weiterzufeiern, obwohl sie aus dem Alter längst raus sind.

Und dann ist da noch Genís mit seinen Schuhen und seinen weißen Strümpfen, bei dem du aufpassen musst, wie viele Biere du ihm servierst, denn er ist ein lieber Kerl, aber du darfst ihn nicht zu viel trinken lassen. Er ist an die vierzig oder darüber, schwer zu sagen bei seiner kindlichen Statur und diesem kindlichen Mund. Seine Eltern sind alt, alt genug für einen Sohn von vierzig Jahren, aber Genís ist, als wäre er neun oder zehn oder allenfalls elf. Núria gestand mir eines Tages, dass sie ihm nach dem ersten Bier nur noch alkoholfreies hinstellt und die Hälfte davon nicht berechnet. Genís ist ständig und überall zu Fuß unterwegs, dauernd begegnest du ihm auf seinen Spaziergängen, und hin und wieder fragst du ihn, soll ich dich mitnehmen? Und einmal steigt er ein und ein andermal nicht, obwohl es regnet.

Und dann gibt es da noch Carmeta, die mir die liebste von allen ist. Carmeta fehlt ein Arm, aber sie ist so fröhlich, gelassen und sympathisch, als wäre das Leben mit nur einem Arm leichter statt schwieriger. Carmeta trinkt Wermut, und gelegentlich kommt sie mit ihrem Bruder oder ihrer Schwester, beide mit langen Armen und einer staubigen Trauer im Inneren. Wenn sie etwas zu feiern hat, bestellt sie Herzmuscheln.

Und dann sind da auch die Arbeiter von der Omnibusfabrik, die alle sehr laut reden, als wären sie es gewohnt, sich bei Maschinenlärm zu unterhalten. Die fangen mit Bier an und gehen dann über zu Whisky und Patxaran und Cuba Libre. Und ab und zu kommen Familien, aber früh, und die Kinder teilen sich eine Portion Rindersteak mit Pommes, und die Erwachsenen essen, fast ohne miteinander zu sprechen. Junge Pärchen kommen nie. Als genierten sie sich, verliebt zu sein, wer weiß.

Um halb zwölf schließe ich die Küche. Ich genieße es, sie zu putzen und alles wieder herzurichten für den folgenden Tag, und wenn sie sauber ist und ich sie mir betrachte, so blank und glänzend, ist das ein schönes Gefühl. Alles, was ich über das Kochen weiß, habe ich im Gefängnis gelernt. Und ich bin ganz gut darin. Ich tue es gern, und es liegt mir. Valentí, der es mir beigebracht hat, sagte immer, mit dem Kochen ist es wie mit dem Singen, manchen ist es angeboren, wie ein Talent, aber lernen kann es jeder, der sich ein bisschen Mühe gibt. Ich weiß nicht, ob er das beste Beispiel war. Nach Mutters Tod hatte ich schon das eine oder andere Gericht für meinen Vater zubereitet, aber mit etwas Technik und ein paar Grundbegriffen lassen sich wahre Wunder vollbringen.

Ich beende die Reinigung und gehe hinaus in die Bar, als Guifré hereinkommt, immer spät abends und immer mutterseelenallein, und sagt, er habe eine Bärengeschichte für mich. Und ich sage, ach ja? Sehr schön. Denn manche hier machen sich einen Spaß daraus, mich als Pyrenäenbär zu bezeichnen. Vor lauter Neid, weil ihr Berg so klein ist wie ein Pickel und ich über eine ganze Gipfelkette verfüge. Und im Überschwang nennen sie mich manchmal gar nicht bei meinem Namen, sondern Bär. Ich mag es, wenn sie mich so nennen, weil es mich an zu Hause und an Mia erinnert. Und zugleich kann ich es nicht ausstehen, weil es sich anfühlt wie ein Stich in die Achsel, an zu Hause und an Mia zu denken.

Die Bärengeschichte, die er mir erzählt, geht so:

Es war einmal ein Hufschmied, der so aufbrausend, behaart, stark und stämmig war wie du, sagte er. Er lebte allein und war immerzu wütend und fluchte immerzu, was so weit ging, dass das Eisen schon zitterte, bevor er nach dem Hammer griff, und wenn er ein Tier zu beschlagen hatte, hielt dieses die Luft an. Eines Tages kam ein Landstreicher ins Dorf, barfuß und schmutzig, betrat die Schmiede und bat um ein Almosen. Von der Esse aus schnauzte ihn der Schmied an:

»Hier hast du einen Schuh, du Ochse, und jetzt verschwinde!« und warf ein rotglühendes Hufeisen nach ihm.

Der Bettler, ohne sich von der Stelle zu rühren, schaute ihn fest an und rief aus:

»Bär bist du, und Bär bleibst du!
Jeden Baum besteigst du,
außer dem Ahorn, der zu spitzig,
und der Tanne, die zu rutschig.«

Und im selben Moment verwandelte sich der Schmied in einen Bären und floh brüllend in den Wald, denn dieser Bettler war Unser Herrgott.

Guifré behauptet, alle Bären seien Nachkommen dieses Schmieds und gingen deshalb aufrecht wie Menschen und erkletterten sämtliche Bäume außer dem Ahorn und der Tanne.

Ich lache, als ich ihn Unser Herrgott sagen höre, und stelle ihm ein Bier hin. Der Rest des Abends verstreicht schnell, und Núria ist froh, dass sie ab und zu rausgehen und eine Zigarette rauchen kann, weil ich hinter dem Tresen bin. Quim, der Chef, hat sich schon vor einer Weile verzogen, und so spülen wir unseren Durst, die Langeweile und die Sehnsucht nach Feierabend mit Bier hinunter. Die Leute haben heute einen guten Tag, alle sind friedlich und locker, niemand sucht Streit, beschwert sich oder schlägt betrunken über die Stränge, und alle gehen beizeiten.

Als wir die Tür von innen abschließen und das Gitter zur Hälfte herunterlassen, zündet sich Núria eine Zigarette an und legt sie brennend in den Aschenbecher auf dem Tresen. Mit der Handkarre geht sie ins Lager, um ein paar Kästen Bier zu holen. Sie kommt zurück, nimmt die Zigarette und zieht daran. Sie hebt die Kunststoffkästen von vorne auf die Theke, tritt dann dahinter und fängt an, den Kühlschrank aufzufüllen, mit der Zigarette im Mund und ihrem Füchsinnenblick. Dem Blick einer Füchsin, die gern mit ihrer Beute spielt, bevor sie sie tötet. Und ich merke schon, dass sie heute auf Krawall gebürstet ist, als sie aus heiterem Himmel fragt:

»Und du, Jaume, woher kommst du?«

Und während ich die Stühle auf die Tische stelle, antworte ich:

»Von da oben aus den Pyrenäen. Wie die Bären.«

Dabei weiß sie das längst. Sie legt die Zigarette ab und stapelt die Flaschen in Form einer ägyptischen Pyramide in den Kühlschrank.

»Meine Mutter war eine Wasserfrau«, füge ich hinzu. Und ich denke an meine Mutter, die nie viel gesprochen hatte, an ihr Lächeln, das ruhig war wie Brot, wenn sie zufrieden war, und wie gut es sich angefühlt hatte, sie zum Lachen zu bringen, obwohl sie vorne keine Zähne mehr hatte. Meine Mutter mit ihrer verschwenderischen Güte. Meine Mutter, die starb, bevor der Unfall passierte, und wie heilfroh ich bin, dass sie vor alldem gestorben ist. Ich setze mich an die Theke wie ein Gast. Gleich werde ich fegen, aber zuvor nehme ich ihre brennende Zigarette aus dem Aschenbecher, denn die Stühle habe ich bereits alle hochgestellt. Sie fragt:

»Gibt es denn Wasserfrauen in den Pyrenäen?«

»Wasserfrauen gibt es überall.«

»Woher weißt du, dass sie eine war?« Mit einer Geste bedeute ich ihr, dass sie mir noch einen Gin Tonic machen soll, dann sage ich eine weitere Wahrheit:

»Als mein Vater und meine Mutter heirateten, musste er ihr versprechen, niemals laut zu sagen, dass sie eine Wasserfrau war. Aber als ich auf die Welt kam, wollte mein Vater nicht glauben, dass ich sein Kind sein sollte, so hässlich war ich, und er sagte zu ihr: ›Was musste ich auch ausgerechnet an ein Wasserweib geraten!‹ Und, wutsch, war meine Mutter verschwunden, und wir sahen sie nie mehr wieder.«

»Immer dasselbe mit diesen Wasserweibern«, grinst sie.

Sie stellt uns zwei Gin Tonics hin. Ich habe ihre Zigarette behalten, und sie steckt sich eine neue an.

»Weißt du, was ich von verschlossenen, geheimnisvollen Männern halte, die nichts sagen, die nie etwas erzählen?«, fragt sie. »Ich glaube, sie sind hohl wie taube Nüsse und haben nichts zu erzählen.«

Ich hebe den Kopf, und sie betrachtet mich, ein kampflustiges Lächeln in den Augen, die zu so viel Besserem imstande wären als dem, was wir hier tun. Diese Augen einer gelangweilten Füchsin, gelangweilt von den Jungs in diesem Dorf, von den Autos der Jungs in diesem Dorf, von den

Ansichten und Aussichten in diesem Dorf. Und ich, der ich ihr nichts zu bieten habe und nicht will, dass sie mich auf diese Weise betrachtet, den Mund leicht geöffnet wie eine Tür, sage:

»Ich habe einen Menschen getötet.«

Dabei schaue ich sie nicht an, weil ich nicht sehen will, wie sie reagiert. Sie wechselt das Standbein, raucht und wartet.

»Ich habe einen Jungen erschossen, der mein Freund war. Aus Versehen. Wir waren auf der Jagd, und ich habe ihn in den Rücken getroffen. Das Gewehr war von selbst losgegangen. Hoch in den Bergen, so weit oben, dass er in meinen Armen gestorben ist und ich Stunden gebraucht habe, um ihn runterzuschaffen.«

Da hast du ihn, einen Schatz wie ein Geheimnis. Eine kleine seelische Erschütterung. Eine Geschichte zum Nachdenken, eine Anekdote, die man seinen Freunden erzählen kann. Eine Wahrheit wie eine faule Frucht. Eine tragische Szene.

Dann sehe ich sie an und sage:

»Und ich war eine Zeit lang im Gefängnis.«

Sie ist reglos wie eine Füchsin.

Es gibt Dinge, die sich dir einprägen. Artikel 545 des Strafgesetzbuches von 1973. *Prisión menor* bedeutet fünf Jahre. Zumindest in meinem Fall. Drei Jahre Untersuchungshaft und zwei Jahre Vollzug. Das ist das Problem, wenn du direkt an der französischen Grenze lebst. Niemand vertraut darauf, dass du die zehn Schritte nicht gehen wirst, die dir fünf Jahre Knast ersparen würden. Ich sehe alles vor mir, jede Einzelheit, und fühle fast keinen Schmerz. Am wenigsten erinnere ich mich an Hilari. Den sterbenden Hilari. Das Blut und die Haare. Ich erinnere mich kaum noch, wie ich ihn aus dem Wald geschleppt habe. Auch nicht an die Gesichter der

Polizisten, weder an die erste Nacht in der Zelle, noch an die zweite. Und später bin ich in der Haftanstalt von Pont Major und warte auf den Prozess, und dann ist der Prozess vorbei, und mir ist mittlerweile alles egal.

Und sie fragt:

»Wie war es im Gefängnis?«

Ich antworte ausweichend, verziehe das Gesicht wie zu einem Lächeln und frage:

»Kann ich ein Bier mitnehmen?«

Sie will, dass ich bleibe und ihr noch mehr Geheimnisse anvertraue und etwas mit ihr mache heute Nacht, denn dies würde eine denkwürdige Nacht und viel besser als viele andere, weil wir am Leben sind und zusammen hier in der Bar, sie mit mir und ich mit ihr. Aber ich will nicht bleiben, ich will nicht ans Gefängnis denken, und ich will nicht, dass sie mich mit dieser offenen Tür ansieht, und sie reicht mir das Bier, und ich frage sie, ob ich gehen könne oder ob es ihr etwas ausmache, wenn ich sie mit dem Abschließen allein ließe. Vater starb während meines zweiten Jahres. Vor dem Prozess. Eine Jauchegrube. Man sollte die Tür zu diesen Erinnerungen nicht öffnen, weil sich darin nichts Gutes finden wird.

Mein Auto wartet im Dunkeln auf mich, ich steige ein, und es riecht wie ein kleines Zuhause. Ich fahre aus dem Dorf hinaus statt heim, denn die Nacht ist kühl, das Bier ist kühl, und die Schwünge der Serpentinen verheißen Wohlbefinden. Bitte, ein wenig Wohlbefinden. Ich trete kräftig aufs Gas und nehme die Kurven wie bei einem Tanz, wie bei einer Flucht. Die Straße ist schwarz mit dieser weißen Linie wie eine Perlenkette, wie eine Borte, die sich über ihre volle Länge zieht, wie die Haut einer Schlange. Und der Wald öffnet sich gelb und grau und keilförmig vor mir, als wäre ich ein Messer. Der Himmel ist heller als der Wald und die Straße, weil der Himmel das Licht unter sich verbirgt. Ich öffne die Fenster, und die gute Nacht dringt ins Auto. Es ist kein anderes Auto unterwegs, denn die Autos schlafen. Und das Goldwasser rinnt rasch durch den Flaschenhals, und es ist ein Gerstenfeld. Ein Weizenfeld. Ein Haferfeld. *Den Hafertanz, den sing ich euch, den Hafertanz, den sing ich euch, wenn mein Vater Hafer säte, machte er erst so, dann so, und gab sich Schläge auf die Brust*, und dann ist da ein gewaltiger Schlag. Der Aufprall eines Körpers, der vor dem Wagen die Fahrbahn kreuzt, erzeugt ein jähes, grausiges Geräusch. Allmächtiger. Meine Hände umklammern das Lenkrad und schmerzen wie von Stromschlägen, und das umgekippte Bier ergießt sich auf den Boden. Unwillkürlich stelle ich den Motor ab, und die Dunkelheit macht die Stille umso tiefer. Ich höre mich keuchen, weil ich so erschrocken bin und heulen könnte vor Angst, und weil ich nicht sehen will, was ich überfahren habe. Vor mir ist die Straße sauber. Die Bäume neigen sich mir zu, als beobachteten sie mich, und eine Sekunde lang sitze ich reglos da, mit dem Rücken zur Dunkelheit und zum Tod.

Als ich aussteige, sehe ich, dass es ein Tier ist. Und als ich den Rehbock erkenne, mitten auf der Straße, die von den Rücklichtern des Wagens rot erleuchtet ist, brülle ich, oh Gott!, sehr oft und sehr laut, und dann, verdammt!, sehr oft und sehr laut, und dann, verdammte Scheiße!, und als ich vor dem Tier in die Hocke gehe und ihm die Hand auf die Stirn und zwischen die Ohren lege, denke ich, es ist der Rehbock. Und ich weiß schon, dass es nicht derselbe Rehbock ist. Aber ich denke, es ist der Rehbock, den Hilari und ich nicht erlegt hatten. Das Bier pocht gegen die Wände meiner Venen, und die Erinnerungen pochen gegen die Wände meines Schädels, und ich nehme das Tier so auf die Arme, wie ich Hilari getragen habe. Ich habe Mia nie gesagt, dass es mir leidtut. Ich habe keinen Besuch geduldet. Ich bin nicht zurückgekehrt, nachdem sie mich freigelassen hatten. Ich öffne die hinteren Wagentüren, und das tote Tier ist schwerer als es aussieht, wenn es auf seinen schmalen Beinen so leicht dahinläuft. Ich passe auf, dass es nicht mit den Knien oder den Hufen, die all diese Körpermasse getragen haben, gegen den Türrahmen schlägt. Ich muss von der anderen Seite hineinkriechen, um das Tier ins Auto zu ziehen, am Hals, der sich fest und dick und sehnig und warm anfühlt. Die Hinterläufe rutschen schlaff vom Sitz und wieder aus dem Wagen und ich gehe noch einmal zur ersten Tür, packe die Schenkel, hebe sie an und schiebe das Tier über die Rückbank, es blutet nicht einmal. Es ist Hilaris Rehbock, und ich habe Mia nie gesagt, dass ich sie liebe und dass es mir leidtut. Wie soll mir jemals irgendjemand verzeihen, wenn Mia mir nicht verzeiht? Ich schließe die Türen und weiß, dass alle Tiere des Waldes mich entsetzt aus der Finsternis anstarren, unter gesenkten Lidern, damit ihre Augen nicht leuchten.

Manchmal bringt man keine Worte hervor, nicht einmal Gedanken bringt man hervor. Nur mit den Händen kann man etwas tun, wie den Zündschlüssel drehen, was einfach ist, und die Handbremse lösen und den ersten Gang einlegen, alles ganz leicht und mechanisch. Der Rehbock wie ein schlafendes Kind hinten im Auto. Ich hätte gern Kinder gehabt. Mit Mia.

Die Straße dehnt sich vor mir. Die leere Bierflasche kullert über den Boden. Der Unfallort wird am Morgen anders aussehen. Ich werde eineinhalb Stunden brauchen. Eineinviertel, wenn ich schnell fahre. Ich fahre schnell, damit die Luft kräftig ins Fenster weht und ihr Lärm mir die Ohren füllt und sich vermischt mit dem sauren Geruch des Waldes und der Wildtiere, dem Geruch nach Angst und Tod, nach meinem Schweiß und gärendem Tierschweiß, immer stärker und schärfer und ängstlicher. Ich schalte das Radio ein, um Ablenkung zu haben. Und in diesem Moment, noch ehe das Gerät einen Sender gefunden hat, nehme ich sie wahr. Tief wie die dunklen Spalten, die bis ins Innerste der Erde reichen. Ich spüre sie im Nacken wie zwei Finger. Ich spüre sie, lange bevor ich sie sehe und lange bevor ich begreife, und ich brauche eine Weile, bis ich sie orten kann, und dann wende ich mich um, und da sind sie, alle beide, offen wie zwei Brunnen, die Augen des Rehbocks. Feucht und schwarz.

DER GEIST

Der Mond ist rund und voll, und Lluna liegt am Fußende des Bettes auf dem Boden, und wir gehen zeitig schlafen, weil wir müde sind. Ich lasse Lluna nicht ins Bett, und wenn sie mich morgens weckt, weil sie ungeduldig ist oder hungrig oder außer sich vor Liebe, werde ich böse, oder ich tue so, als würde ich böse, damit sie es sein lässt.

Ich lege mich ins Bett und sage ihr gute Nacht, und ich sehe sie nicht, aber ich weiß, dass sie mit resignierter Miene die Schnauze auf die Vorderpfoten gelegt hat. Sie schläft bald ein.

»Ich bin seit etlichen Jahren mit niemandem zusammen gewesen«, sage ich. Wie ich es schon beim ersten Mal gesagt habe. Und er küsst mich weiter. Ich dachte schon, ich hätte für alle Zeiten genug von diesen Dingen und gar kein Bedürfnis mehr, mich von jemand anderem befriedigen zu lassen, und hatte es auch gar nicht vermisst. Aber jetzt ist tief drinnen mein Verlangen erwacht, und ich klammere mich daran, weil es gerade erst anfängt und Spaß macht, und ich will, dass es zunimmt. Oriol sagt:

»Ich auch nicht«, wie beim ersten Mal. Und ich lache, weil das nicht stimmen kann. Und er lacht.

Seine Hände sind ruhig, wenn er streichelt. Sie zittern ihm sonst so sehr, dass ich ihnen gar keinen festen Griff zugetraut hätte. Sein Mund schmeckt nach Alkohol, nach Kochwein, und er hat Lippen, um den Mund, und diese Lippen haben Lust auf mich, und seine Arme kommen in Schwung, und ich habe gedacht, ich würde denken, jede Geste denken, alles denken, was zwischen uns geschieht, während es geschieht.

Doch nein. Das Blut und seine Hände und meine Hände eilen allem voraus, schneller, tiefer, und wir entledigen uns der Kleider und berühren einander, und es ist lange her, dass ich den Penis eines Mannes liebkost habe. Und Lluna, wie sie nun mal ist, leckt mir das Knie, und ihre Zunge und ihre Nase fühlen sich kalt und fremd an. Ich stehe auf, bringe sie raus und komme sofort zurück, um alles gleich wieder an Ort und Stelle zu bringen, und ich will nicht, dass er aufhört, ich will, dass er weiter in mich hinein- und aus mir herausgleitet, und ich schaue ihn an und lächle, und er schaut mich an und dringt tiefer in mich ein, und es ist dieses das erste von vielen Malen, die folgen sollten.

Oriol ist nie gleich. Beim Sex ist er leise und versteht zu streicheln. Ein ganzer Mann, mit dem man sich wohlfühlt. Aber manchmal, hinterher, ist er ein gebrochener Mann, der von den Dieben reden will, die ihn zu Hause überfallen hatten, und von dem Loch in seinem Kopf und von früher und von heute. Und ich höre ihm zu und rede nie von Hilari, weil er seine Geschichte erzählt, und weil seine Geschichte die einzige ist, von der er will, dass sie angehört wird. Und weil ich nicht über Hilari sprechen will. Hilari ist meine Geschichte.

Manchmal, vor dem Sex, ist ihm nach großen Worten, dann spricht er über Bücher und tut sachlich. In diesem Fall hantiere ich herum, rede wenig, damit er das Gefühl hat, sich mit einem Stein zu unterhalten, gehe in den Garten und gieße die Blumen, und wenn er lange genug vorgegeben hat, was gar nicht ist, schnappe ich ihn mir, und wir ziehen uns aus.

Manchmal, wenn er geht, denn er schläft nie hier, und ich habe ihn nie darum gebeten, denke ich: Mia, was willst du? Was hast du erwartet? Nicht weil er nicht bei mir übernachtet, das ist mir schon recht. Sondern überhaupt. Er ist ein junger gutaussehender Kerl, was also macht er hier oben mit seiner Mutter und einem Stock und zitternden Händen? Und dann denke ich: Nichts hast du erwartet, Mia. Und das ist auch gut so. Ich erlaube ihm, mich zu besuchen. Weil es mir gefällt, dass er mich besucht. Ich besuche ihn nie, damit seine Mutter das, was sie über mich denkt, nicht in meiner Gegenwart denkt. Und weil er ja weiß, wo er mich findet, und kommen kann, wann er will, und ich nicht erraten muss, ob es einer der entspannten Tage ist, an denen man ihn gern um sich hat, oder einer dieser Tage, an denen er sich verschließt wie eine Nuss.

Hilari war immer gleich. Er war wie die Morgenluft. Frisch und dünn und voller Ideen und Tatendrang und Möglichkeiten. Aber immer wie die Morgenluft. Nie wie die schwere Luft des Nachmittags. Nie wie die träge Mittagsluft, die blaue Luft der Dämmerung oder die dunkle Luft der Nacht. Meine Mutter war, wie Oriol, immer anders. Du konntest nie ahnen, ob sie dir etwas vorsingen oder dich ausschimpfen würde. Und später, als sie alt und krank wurde, wusstest du nie, ob sie ein kleines Mädchen oder eine Greisin, eine Mutter oder eine Tochter sein würde, ob sie dich erkennen oder mit ihrer Tante Carme oder weiß Gott wem verwechseln würde. Großvater Ton war immer gleich. Aber langweilig. Langweilig wie ein kaputtes Werkzeug. Wie eine wirklich durchgebrannte Glühbirne, die kein Blinder auszuknipsen braucht. Und Jaume war auch immer gleich. Ein Braunbär aus den Pyrenäen war er. Aber auf dieser Seite gibt es die schon nicht mehr.

Nachdem wir miteinander geschlafen haben, sagt Oriol:

»Ich werde den Garten umgraben. Ich werde Bewässerungsgräben anlegen. Ich werde die Tomatenpflanzen aufbinden.«

Und ich denke, die Tomaten in meinem Garten sind immer grün und klein und unansehnlich, und bleibe noch eine Weile im Bett liegen. Es ist angenehm, nach dem Sex nichts zu tun, nichts zu sagen, nichts zu betrachten. Es blitzt. Das weiße Licht überschwemmt alles wie ein Schluck ausgespuckte Milch. Ich höre keinen Donner. Wenn es donnerte, rief meine Mutter immer »Domènec!« Wie ein Aufschrei. Ein »Domènec!« für jeden Donnerschlag. Nicht für den Blitz, der meinen Vater erschlagen hatte, sondern für den Donner. Und dann weinte und betete sie und befahl uns allen, niederzuknien und zu beten, damit der Blitz nicht das Haus träfe.

Wenn du einen Blitz siehst, musst du die Sekunden zählen. Die Sekunden zwischen Blitz und Donner. Wenn der Zeitraum zwischen Blitz und Donner kurz ist, heißt das, dass der Blitz in der Nähe eingeschlagen sein muss. Dann solltest du Schutz suchen. Aber niemals unter einem Baum. Und du darfst niemals rennen, denn Blitze mögen Luftzug. Und du solltest dich sowohl von Strommasten fernhalten als auch von Viehzäunen, Findlingen und Höhlen. Auch darfst du bei Gewitter nicht im Fluss baden. Und wenn du zu Hause bist, solltest du Fenster und Türen schließen, das Licht ausschalten und kein Feuer anzünden, denn Blitze mögen Feuer.

Ich höre Oriol draußen werkeln und gehe hinaus, um ihm Gesellschaft zu leisten. Der Mond steht über dem Garten, und vor dem Garten liegt Lluna, und Oriol wendet mir den Rücken zu und gräbt, die Spitzhacke in der Hand, und weckt die Ohrkneifer und Marienkäfer und Eidechsen und Würmer und all das andere schlafende Getier mit seinen methodischen Hieben, mit seinem Umwühlen der Erde. Ich sage:

»Ich bin gekommen, um dir Gesellschaft zu leisten.«

Und er dreht sich um. Und es ist Hilari. Und er sagt:

»Wie schön, Mia.«

Und ich freue mich riesig, dass es nicht mehr Oriol ist, sondern Hilari, denn mit Hilari ist so viel besser auszukommen als mit Oriol, so viel besser als mit jedem anderen, und weil ich Hilari so sehr vermisse, jeden Tag.

Und er sagt:

»Hol den Schlauch, wir gießen jetzt, da die Sonne nicht scheint.«

Und ich bringe ihm den Schlauch. Und die Nacht ist lau, und ich will nicht, dass sie zu Ende geht.

Hilari wollte nie allein sein, nie wollte er irgendetwas allein machen, und zu mir sagte er, Mia, kommst du mit mir aufs Klo? Oder, kommst du mit mir Holz holen? Oder, gehen wir auf den Fluss schauen! Und immer begleitetest du ihn. Als hätte er Angst, eine Weile allein zu sein. Bleibst du bei mir, Mia?, sagte er. Passt du auf mich auf, Mama?, fragte er Sió. Als müsste er sich in Luft auflösen, wenn man ihn nicht beaufsichtigte. Jaume dagegen war nie in Begleitung. Er war zu Fuß eine Stunde lang unterwegs bis zur Schule hinunter und anschließend anderthalb Stunden, um wieder nach Hause zu kommen. Immer allein. Bis Hilari ihn unter seine Fittiche nahm. Hilari, der sich gut auf Wildtiere verstand, weil er so geduldig war, machte Jaume zu seinem Schützling. Er behielt ihn, wie er eine Maus oder ein Frettchen oder einen aus dem Nest gefallenen Sperling behielt. Und von da an waren wir überall zu dritt unterwegs, denn Jaume bekam nie genug und sagte nie zu irgendetwas nein. Und es kam ihm nicht darauf an, später nach Hause zu kommen, wenn es dafür ein wenig Gesellschaft, ein Spiel oder eine Brotsuppe gab.

Anfangs ging er mir auf die Nerven, der Sohn der Riesen. So begriffsstutzig und so devot. Der eines Tages aufgetaucht war und dann immer wiederkam. Und Hilari manchmal »Bruder« nannte. Er sagte »Bruder« zu ihm, weil er weder Brüder noch Freunde hatte. Als wäre Hilari jedermanns Bruder. Und das gefiel mir nicht. Weil Hilari mein Bruder war, meiner und Schluss. Mich nannte er »M-i-a«. Er sagte Mia, indem er jeden Buchstaben einzeln aussprach. Und mir gefiel das nicht. Ich mochte ihn nicht, weil er länger brauchte als Hilari, bis er etwas kapiert hatte. Und weil Hilari geduldig war und ich nicht, was so aussah, als wäre ich böse. Und weil ich es leid war, dass er uns ständig nachlief und von ihm so wenig kam, als ob wir einen alten Hund adoptiert hätten.

Aber dann erzählte uns Jaume eines Tages, seine Mutter sei eine Riesin und sein Vater sei halb Mensch, halb Riese. Und ich sah ihm in die Augen und erkannte, dass er kein alter Hund war, sondern ein Bär. Seine Eltern züchteten Pferde und Schafe und stellten Käse her, den sie auf dem Markt verkauften, bis seine Mutter starb und sein Vater sich im Haus einschloss und nur noch Gedörrtes und Eingemachtes aß. Seltsame Leute, seine Eltern. Sie waren alt und hatten kaum noch Zähne, sie sprachen nicht viel, konnten nicht lesen und wussten nichts von den Dingen, die man in der Schule lernte, und sie waren menschenscheu, vermutlich weil sie es nicht mehr ertrugen, ständig ausgelacht zu werden. Sie lebten sehr hoch oben. Und die Leute verspotteten sie, weil sie beide so groß und massig waren, dass sie wie Geschwister wirkten, und einen breiten Dialekt mit starkem französischem Einschlag sprachen. Die Leute nannten sie die Riesen. Und wenn die Leute sie als Riesen bezeichneten, bedeutete das zugleich, dass man sie für schwachsinnig hielt und für Geschwister, die untereinander geheiratet und einen schwachsinnigen Sohn bekommen hatten, und das war grausam. Aber als Jaume sagte, seine Eltern seien Riesen, schaute ich ihn mir an und verstand den Witz und erfasste seine Schlauheit. Und plötzlich, einfach so, war nicht mehr er derjenige, der uns folgte, denn nun waren wir es, die auf Schritt und Tritt in seiner Nähe sein wollten.

Ein andermal behauptete er, seine Eltern hätten ihn aus Schnee gemacht. Und diese Geschichte gefiel mir sehr. Seine Eltern hätten keine Kinder bekommen können, erzählte er. Und sie seien traurig gewesen. Und dann, als einmal im Spätherbst der erste Schnee gefallen sei, habe seine Mutter vor der Haustür ein Schneemännchen gebaut, dann habe sie Babykleider genäht und sie ihm angezogen. Aber als die Nacht hereingebrochen sei, habe ihr das Schneemännchen leidgetan, so ganz allein da draußen im Schnee, sodass sie es hereingeholt und vor den Kamin gelegt habe. Durch die Wärme des Feuers habe es die Starre verloren und eine menschliche Farbe angenommen, die Augen bewegt, dann Arme und Beine, und sei zu einem kleinen Jungen geworden, dem sie den Namen Jaume gegeben hätten.

Alles begann sehr langsam und sehr sicher wie eine Brücke aus Stein. Als müsste es für immer halten. Als ob damals für immer wäre. Und die Nachmittage waren träge, und träge waren das Wetter und der Wald. Ich half in der Metzgerei und schlug das Geld in Zeitungspapier ein und gab es meiner Mutter. Hilari half Rei in seinem Gemüsegarten und brachte Bohnen und Zucchini und Tomaten und Endiviensalat und Kartoffeln nach Hause. Großvater war schon gestorben, ohne etwas zu sagen, heimlich, still und leise. Jaume machte Käse und roch nach Ziege. Das war noch die Zeit, als wir Baumhütten bauten, mit Schlingen Kaninchen fingen, Zaubertränke brauten, Cannelloni aus Kälberfutter machten, versuchten, Kühe zu reiten und ohne Streichhölzer Feuer zu machen, oder Walderdbeeren aßen, bis wir Bauchweh hatten.

Und manchmal fassten Jaume und ich uns bei den Händen, weil es Spaß machte, eine Hand in deiner zu haben. Wir massierten uns gegenseitig und kitzelten uns unter den Achseln, weil es sich gut anfühlte, von jemand anderem berührt zu werden. Und Hilari störte sich nicht daran. Solange man ihn nicht allein ließ, störte sich Hilari an nichts. Und wir schämten uns nicht, uns vor ihm an den Händen zu halten, einander Zöpfe zu flechten oder durchzukitzeln, und wenn er uns darum bat, kitzelten wir auch ihn. Wir wussten, dass man sich, wenn man sich liebhatte, auf den Mund küsste, beim Schlafen umarmte und Kinder bekam, aber damit war es uns nicht eilig, noch nicht.

Dann wurde ich vierzehn Jahre alt, beendete die Schule und ging jeden Tag in der Metzgerei arbeiten. Ich sagte zu meiner Mutter, sobald Manel, der Inhaber der Metzgerei, der keine Kinder hatte, sich zur Ruhe setzte, würden wir ihm – mit dem Geld, das sie hinter einer Kachel versteckte und das aus dem Verkauf des leeren Hauses von Großvater und Großtante Carme in Camprodon stammte – den Laden abkaufen. Und ich sagte es Jaume, und er sagte, da würden wir dann auch seinen Käse verkaufen. Und Hilari sagte, wir könnten auch seine Tiere verkaufen und Eier, und er würde mir die Wildschweine und Hasen bringen, die er erlegte, und wenn wir sie selbst zubereiteten, könnten wir sie fix und fertig zubereitet verkaufen. Und ich sagte nur, einverstanden und ja, ja zu allem. Dann fing Mama damit an, dass ich jetzt nicht mehr mit den Jungs in den Wald gehen dürfe, weil sie erst dreizehn seien, und ich sei doch schon eine Frau. Aber ich wollte vom Frausein nichts wissen. Schließlich war es grauenvoll, eine Frau zu sein, es blieb dir ja kaum noch was, wenn du erst mal eine Frau warst. Also zog ich trotzdem mit ihnen los, sie holten mich ab, wenn ich in der Metzgerei

Feierabend hatte, und wir gingen aufs Dorffest, wandern, jagen und so weiter.

Irgendwann wurden wir fünfzehn oder sechzehn, ich weiß nicht mehr, und Jaume und ich bekamen Lust, uns zu küssen. Und manchmal hatte Hilari genug von unserem feuchten Geschmatze, wie er sagte, und ging nach Hause, um Mama zu helfen. Hilari ging, und die Waldkobolde kamen. Sie wisperten und kicherten leise, es war wie ein Zauber. Jaume schmeckte sanft und tief und salzig, wie nach Mettwurst. Und wir kosteten jeden Winkel auf jede Weise, und es war ein neuer Geruch, der Geruch der Küsse. Er nahm mich huckepack und trug mich in den Wald hinein, und ich sagte, ich reite den Bären, ich habe den Pyrenäenbären gezähmt! Und dann knurrte er und rannte und ließ mich sanft zu Boden gleiten und schob sich brummend über mich. Ich lachte vor lauter Adrenalin und weil mich der stoßweise Atem aus seiner Nase kitzelte, während er meine Haare beschnupperte und meinen Hals und meinen Mund und meinen Bauch und brummte und brummte, und unter seinem Brummen erwachte in uns die Lust auf die Liebe.

Wir liebten uns all die darauffolgenden Jahre, was, auch wenn sie sehr schnell verstrichen sind, etliche waren. Bis zu dem Unfall.

In meinem Traum sagt Hilari jetzt:

»Mia, erzähl mir, wie Mama sich verlaufen hat.«

Und er zieht sein Hemd aus und reißt es in Streifen. Und ich rufe:

»Hilari, nicht das Hemd zerreißen, drinnen habe ich alte Laken!«

Und er sagt:

»Es ist ein altes Hemd.«

Und wir binden die Triebe der Tomatenpflanzen mit den Stoffstreifen auf, und ich erzähle:

»Mama hatte sich verlaufen, und ich stellte mir den Wald mit aufgeklapptem Maul vor. Und Mama in ihrem lila Morgenmantel, die in den Wald rannte wie in den Rachen eines Wolfs. Und dem Pfad folgte, der wie eine Speiseröhre zu dem Loch führt, in dem alle verschwinden, die der Berg verschlingt. Wie Vater und du, Hilari. Sió aber wurde vom Wald wieder ausgespien« – ich kann mir ein Kichern nicht verkneifen –, »als könnte er sie nicht kauen, so zäh, wie unser Mütterchen war.«

Und wir lachen.

»Wie wenn du das Fleisch nicht runterbekamst und Mama dir das Rindersteak oder den Schweinerücken püriert und kleine Häufchen damit gemacht hat«, fahre ich fort. »Wie die Geschichte, die der Papa immer Mama erzählt hat, von der Frau, die keine gute Frau war, weil sie nichts konnte, und die ihr Ehemann, nachdem sie verheiratet war, zu ihren Eltern zurückbrachte und sagte, sie sollten ihr erst einmal etwas beibringen, dann käme er sie wieder abholen. Der Wald hat Mama nicht gewollt. Er hat sie mir zurückgegeben, damit ich sie pflegte, weil sie krank und ihr Kopf wie die Schublade eines Schneiders war, vollgestopft mit zusammenhanglosen, unsortierten Erinnerungsfetzen. Und was haben wir gerufen, und was hat Lluna gebellt! Das halbe Dorf hat sich an der Suche beteiligt, und Polizei und Feuerwehr sind mit ihren Wagen angerückt, weil eine Frau vermisst wurde. Wir haben die Suchmeldung auf Facebook und in den Zeitungen veröffentlicht und in Molló und Camprodon und bis nach Beget und Ripoll die Bäume mit ihrem Passfoto tapeziert, aber umsonst. Zwei volle Nächte hatte Mama im Wald verbracht, und als sie am Morgen des dritten Tages zurückkam, hat sie gesagt, sie habe bei den Nymphen geschlafen. Bei den Wasserfrauen! Und ich habe gesagt, aber Mama!, und sie hat gesagt, mir egal, wenn du mir nicht glaubst, wärst du ein kleines Mädchen, würdest du mir bestimmt glauben. Und sie haben sie ins Krankenhaus gebracht, wo sie von einem Haufen Ärzte untersucht wurde, und nicht die kleinste Schramme. Den Ärzten hat sie allerdings nichts von den Nymphen gesagt. Und ich habe ihr angedroht, sie ins Heim zu stecken, wenn sie noch einmal weglief, aber dazu ist es nicht gekommen, weil sie bald sterben musste.«

Ich binde die nächste Tomatenpflanze an und füge noch hinzu:

»Einmal hat sie uns verhauen, weil wir behauptet haben, wir hätten Wasserfrauen gesehen. Weißt du das noch, Hilari? Sie sagte, wir sollten nicht schwindeln und keinen Unsinn reden.«

Hilari greift nach einem Streifen Hemdstoff und macht eine Schlaufe, um den Stängel einer weiteren Tomatenpflanze an einem Bambusstab zu befestigen. Er hört mir mit einem konzentrierten und glücklichen Lächeln zu, Brust und Rücken entblößt und den Kopf zur Seite gelegt, denn Hilari liebt es, über Geschichten von früher zu reden, als wir klein waren.

»Erinnerst du dich, dass du mal gesagt hast, wir würden uns ein Zeichen geben, wenn wir sterben? Wenn einer von uns beiden allein bleibt?«, frage ich ihn. »Ich habe keine Erinnerung an diese Erinnerung mit den Wasserfrauen. In meiner Vorstellung sind sie wie die in den Märchen, hübsch und beim Wäschewaschen. Aber an unsere Erinnerung, sie gesehen zu haben, erinnere ich mich nicht. Ich weiß nur, wie Mama uns verdroschen hat, mehr nicht. Und ich weiß noch, wie du gesagt hast, dass wir sie sehr wohl gesehen hätten!, und dann hast du ein Zeichen gesucht, das wir einander geben sollten, wenn einer von uns tot wäre. Du hattest eine Unmenge Ideen, aber keine funktionierte. Als Geist wolltest du kommen und mir hallo sagen. Und ich habe dich gefragt, in der Nacht oder am Tag? Und du hast gesagt, wenn ich kann, am Tag, und wenn ich nicht kann, in der Nacht. Und ich habe gesagt, nicht nachts, Hilari, du würdest mich erschrecken. Daraufhin hast du vorgeschlagen: im Traum! Aber ich habe gesagt, dann würden wir glauben, wir hätten nur vom anderen geträumt und der sei gar nicht dagewesen, wie wenn du von Papa träumst. Wir könnten auch in der Gestalt eines Tieres kommen, hast du gesagt, als Gemse oder Wildschwein oder Kaninchen, und da habe ich dich gefragt, was ist, wenn dich ein Jäger abschießt, Hilari? Und du: Aber nein, Mia, als ein Tier, das man nicht jagt, als Katze. Und wenn sich Ruda auf dich stürzt?« Ruda war die Hündin, die wir vor Lluna hatten. »Dann eben als Hund, hast du gesagt. Und wie soll ich dich erkennen?, habe ich dich gefragt. Weil ich der klügste Hund wäre, den du je gesehen hast, und Dinge tun würde, von denen nur du und ich wissen. Er würde tanzen, Türen öffnen und an Mamas Kommode pinkeln.«

Er lacht zufrieden. Und dann, mit dem Geruch der Tomatenblätter an unseren Händen, erzählt er mir noch einmal das Geheimnis. Das Geheimnis war seine liebste Gruselgeschichte. Rei hatte sie ihm eines Tages erzählt. Zu mir sagt er:

»Komm, wir gehen Unkraut jäten.« Und dann erzählt er: »Bevor wir in unserem Haus gewohnt haben, hat darin ein blinder Mann gewohnt. Aber der blinde Mann ist gestorben. Und dann, viele Jahre später, hat Opa Ton Strom legen lassen, doch jeden Abend ist das Licht von allein ausgegangen. Immer wenn wir es eingeschaltet haben, klack. Als ob jemand auf den Schalter gedrückt hätte. Als ob jemand von Zimmer zu Zimmer gegangen wäre und alle Lampen ausgemacht hätte. Die Männer vom Elektrizitätswerk sind dagewesen und haben alles geprüft, aber die Kabel waren in Ordnung, und die Schalter waren in Ordnung, und alles war korrekt. Es war ein Geist. Da hat Rei Opa Ton gefragt: ›Kannst du dich noch an den blinden Miquel erinnern?‹ Miquel war ein Großonkel von Opa Ton und schon seit vielen Jahren tot. Als Großonkel Miquel noch lebte, strich er mit den Händen immer an der Wand entlang, um den Weg zu finden und nicht gegen die Möbel zu stoßen. Und in einer Gewitternacht, als wieder einmal in einem Zimmer unseres Hauses nach dem anderen die Lichter ausgingen, klack, klack, klack, brüllte Opa Ton mit Donnerstimme: ›Heb gefälligst die Arme, Onkel Miquel, du drückst mir ja auf sämtliche Lichtschalter!‹ Und seit diesem Wutausbruch sind die Lampen nie mehr von allein erloschen.«

Scheinwerfer leuchten ins Fenster und wecken mich.

Der Schlaf bleibt zurück wie eine alte, trockene Schlangenhaut, und ich höre draußen ein Auto und das Knirschen der Dinge, die unter dem Gewicht der Räder zermalmt werden.

Als ich mich aufsetze, knurrt Lluna gereizt. Ich mag es nicht, wenn Lluna knurrt. Ich gehe an den Flurschrank und nehme das Gewehr heraus und bin erstaunt über meine Angst, und dass ich das Gewehr geholt habe. Ich ziehe Stiefel an, um fest auftreten zu können, denn barfuß fühlt man sich wie im Badeanzug. Und ich denke an Hilari, der eben noch mit mir im Garten war, in meinem Traum. Und beides lastet schwer auf mir, der Schlaf und die Erinnerung an Hilari, wie Trauer. Die Angst verlangt, dass ich wach werde. Das Fahrzeug hat angehalten. Ich gehe hinaus, eine Jacke über dem Schlafanzug, in der Hand das Gewehr und an den Füßen die Stiefel. Das Auto ist dunkel, man sieht nicht, wer darin sitzt. Ich habe nicht auf die Uhr gesehen, aber die Nacht ist schwarz wie die Hölle und totenstill. Es dürfte so ungefähr vier oder fünf sein. Was, zum Teufel, wollen die um diese Zeit? Mir gefällt das nicht. Ich werfe einen Blick zum Gemüsegarten hinüber, doch da ist niemand, Hilari ist weg. Vielleicht hätte ich mich schlafend stellen sollen wie Leute es tun, wenn sie ausgeraubt werden. Ich denke an Oriol und die Nacht der Einbrecher. Die Scheinwerfer gehen aus. Das Auto ist vorne eingedellt. Die Tür öffnet sich, und ich sage nichts, weil ich kein Wort herausbringe, und Lluna steht vor mir und bellt und bellt, sie bellt und knurrt und bleckt ihr ganzes Gebiss und lässt die Zähne beim Bellen aufeinanderschlagen. Und dann steigt ein Mann aus, und mein Herz überspringt einen Schlag, wie eine Blase, denn ich erkenne ihn an der Bewegung.

Aus dem Wagen steigt Jaume. Ich fasse die Hündin am Hals und rede besänftigend auf sie ein, und sie bellt und bellt, und ich sage, Lluna, Lluna, tsssst, und um ein Haar wäre mir das Gewehr aus der Hand gerutscht. Jaume verharrt neben dem Auto wie ein Geist, wie ein Opfer, und als ich mich aufrichte und auf ihn zugehe, sieht er mich unter den Lidern hervor an, mit alten Augen in einem alten Gesicht. Nein, nicht alt, aufgedunsen, hölzern, die Augen verborgen unter Wimpern und Brauen, als wäre ich ein brennendes Feuer oder eine untergehende Sonne. Als könnte ich überfließen und ihn erreichen. Ich gehe alle Schritte, bis ich vor ihm stehe, und dann sage ich:

»Willst du reinkommen?«

Alles, um ihn und über ihm und hinter ihm, ist dunkel, und ich muss mich umdrehen, um ein wenig Licht ins Blickfeld zu bekommen. Luft in die Augen. Ich schaue zum Haus, denn für eine Sekunde scheint es nicht da zu sein. Genauso wie im Garten kein Hilari ist.

Er folgt mir, und die Hündin folgt ihm. Lluna beschnuppert ihn und bellt ihn nicht mehr an und heißt ihn kühl willkommen, indem sie ihm gestattet, das Haus zu betreten. Die Hündin wird seine Gegenwart schätzen lernen, denn Tiere schätzten seine Gegenwart, Ruda wollte ihn immer in ihrer Nähe haben, und bei Hunden vererbt sich das weiter.

Ich führe ihn in die Küche, und er setzt sich auf die Bank. Die Hündin legt sich unter den Tisch, und ich fühle mich mit einem Mal, als hätte man mir alles herausgeschnitten, Darm und Magen und Lungen und Leber und das ganze Gekröse.

Damit Jaume nicht verschwindet und damit uns nicht zu viel Licht in die Augen dringt, die alle Schläfrigkeit verloren haben, als sollten sie nie wieder schläfrig werden, und damit wir die Jahre und alles, was uns bisher widerfahren ist, und meinen Schlafanzug und seine verdreckten Klamotten nicht allzu deutlich sehen müssen, fache ich das Feuer wieder an, mache aber kein Licht.

Und plötzlich weint Jaume. Er sitzt am Tisch und weint, ohne zu schluchzen. Es ist kaum zu sehen, aber die Tropfen, die auf seine Arme und das Holz fallen, sind rund und dick und machen plitsch, plitsch. Wie ein Leck. Die Hündin, die es bemerkt, geht zu ihm und schmiegt sich an seine Waden, und bei der Liebkosung des Tieres weint er noch mehr. Zuerst will ich ihm nicht beim Weinen zusehen. Als gehörte sich das nicht. Und so schaue ich der Glut ins rote Herz. Aber dann denke ich, dass ich ihn ansehen sollte. Weinen ist gut. Und in der Tat schuldet er mir die paar Tränen, und so wende ich mich ihm zu und sehe ihn an.

Als er sich die Wangen trocknet, mache ich Kaffee. Ich mache Kaffee, damit meine Hände beschäftigt sind und wir warmen Kaffee in den Bauch kriegen. Solange man schluckt, ist alles im Lot. Ich öffne den Kaffeekocher, spüle ihn aus und fülle das Unterteil bis zum Schräubchen mit kaltem Wasser. Dann nehme ich die Packung aus dem Schrank und löffele Kaffeepulver in das Sieb, bis es voll ist. Ich drehe den Kaffeekocher gut zu, denn wenn du ihn nicht fest genug schließt, explodiert er. Ich zünde die Herdflamme an und stelle den Kaffeekocher darauf, und als ich das Streichholz auspuste, sage ich, mit dem Rücken zu ihm, wir hätten ihn nie beschuldigt, es sei ein Unfall gewesen, und das wüssten wir alle. Ich sage es in herzlosem Ton. Ich weine nicht und habe keine Tränen in den Augen, als ich sage, ich habe euch beide gleichzeitig verloren. Dich und Hilari. Wie ein Vorwurf. Wie ein Stoß. Wie ein Fausthieb, als hätte ich zugeschlagen, so hart ich kann. Mit geschlossener Faust. Mit der flachen Hand. Mit beiden Fäusten zugleich. Ich stelle die Tassen bereit.

Anfangs, kurz nachdem Hilari tot war, stellte ich mir noch vor, Jaume käme zurück, am Boden zerstört, und ich nähme ihn liebevoll in Empfang. Wir würden uns fest umarmen und weinen, uns umarmen und weinen, und ich bräuchte ihm nicht zu sagen, dass ich ihm verzieh, weil er es wüsste, weil mein Körper ihm schon gezeigt hätte, dass ich ihm verzieh. Später, als die Monate dahingingen und ich ihn besuchen wollte und er ablehnte und ich mich um seinen Vater kümmerte, der einsam oben im Haus lebte, und das Haus allmählich verfiel und der Alte mutterseelenallein starb und Jaume nach einiger Zeit entlassen wurde, aber nicht heimkam, da hatten sich mein Leid und Unverständnis verkrustet und waren zu einem scheußlichen Grind geworden, den zu säubern mich Jahre kostete. Und wenn ich mir seither vorstellte, er kehrte zurück oder käme auf der Durchreise hier vorbei und liefe mir oben im Dorf über den Weg, würde ich ihn eiskalt ansehen, böse, zynisch und giftig, erfüllt von Schmerz und wütendem Groll.

Ich lege Zucker und Löffelchen zurecht. Als der Kaffee fertig ist, gieße ich ihn in die Tassen. Ich schiebe eine in die Nähe seiner Hände, und mir ist ein bisschen bange davor, ihm gegenüberzusitzen, ich setze mich aber trotzdem. Er nickt, was wohl danke heißen soll, und hält zwei Finger in den heißen Dampf über der Tasse, die groß ist, für Milch. Und ich bin der Verzweiflung nah. Ich bin der Verzweiflung nah, weil er nur dasitzt und nichts sagt. Weil er ebenso wenig redet wie ein alter Hund. Weil er davon ausgeht, dass ich diejenige bin, die die Dinge sagt, die die Worte aus ihm herausbricht wie Zähne. Also frage ich:

»Warum bist du hier?«

Und er antwortet:

»Ich habe einen Rehbock überfahren.«

Er hat dieselbe Stimme. Und ich sehe ihn an, und er schaut auf, und unsere Blicke begegnen sich. Dieselbe Stimme. Mir schießt heiß das Blut in die Augen, weil er dieselbe Stimme hat. Und als habe man einen Hahn aufgedreht, fährt er fort:

»Wie den von Hilari.« Und es ist schön, dass er seinen Namen ausspricht. Hilari, Hilari, Hilari, Hilari, Hilari, Hilari, Hilari, Hilari. Seine Augen wie ein Stich.

»Wo ist der Rehbock jetzt?«, frage ich.

»Im Auto«, sagt er.

Ich will nicht. Und doch will ich. Ich stehe auf. Ich würde lieber sitzenbleiben und mehr sagen. Und ich hätte gern, dass er mehr sagt, viel mehr. Aber ich stehe auf. Ich gehe zur Tür und sage mir, dass es wichtige Dinge zu erledigen gibt, notwendige Dinge. Ich nehme das Gewehr von dem Tisch in der Diele und trete hinaus. Die Nacht ist angenehm, und ich gehe langsam die Stufen hinunter, um keinen Lärm zu machen. Die Hündin folgt mir. Als ich näherkomme, wirkt das Auto wie ein gestrandetes Schiff oder ein verlassenes Haus. Und die Tür, die Jaume offen gelassen hat, wie ein eingerissenes Ohr. Die Schnauze zerbeult nach einer Schlägerei. Vorsichtig trete ich heran. Die Scheiben starren mich an, schwarz wie Wasser. Ich spähe durch die offene Tür, und das Wageninnere ist dunkel, ich kann die Sitze nicht richtig erkennen und bohre die Augen in die Finsternis, doch nichts regt sich. Ich habe das Gewehr schussbereit in der rechten Hand, aber im Auto ist nichts. Ich strecke den Kopf hinein und stütze die Hände auf die Türschwelle. Nichts. Nur ein saurer, strenger Geruch nach Wildtier und Bier und Blut und noch irgendetwas Rauem.

Ich höre Jaume vom Haus kommen. Ich taste weiter den Boden des Wagens ab und spüre etwas Feuchtes und ziehe die Hände zurück und sehe nicht, welche Farbe es hat, und wische mir die Hände am Bein ab, und Jaume, der jetzt neben mir steht, sagt:

»Es tut mir leid.«

Ich weiß, dass es dir leidtut, aber ich sage nichts, weil es schon recht ist, wenn es dir leidtut. Weil dir einige Dinge Leid tun sollten.

»Hast du eine Liste der Dinge, die dir Leid tun?«, frage ich.

Er lächelt ein wenig, als täte ihm das Lächeln weh. Und dann:

»Der Unfall tut mir leid«, sagt er. »Es tut mir leid, dass Hilari durch mein Verschulden gestorben ist. Es tut mir leid, dass ich zu große Angst hatte, um zu kommen und dir zu sagen, wie leid es mir tut. Es tut mir leid, dass ich in dieser Verfassung nicht von dir gesehen werden wollte. Es tut mir leid, weggegangen und nicht zurückgekommen zu sein, und dir weder gesagt zu haben, dass ich dich liebe, noch dass ich dich begehre, noch sonst irgendwas. Es tut mir leid, mich nicht getraut zu haben.«

Da fahre ich aus der Haut. Das Gewehr in der Hand und aufgebracht wie ein Berg, erwidere ich:

»Mir tut es leid, dass du nicht wiedergekommen bist, und es tut mir leid, mir immer gewünscht zu haben, dass du wiederkommst. Und es tut mir leid, dass Hilari durch dein Verschulden gestorben ist und damit alles zerstört war. Und es tut mir leid, dir zu verzeihen, wenn ich dir verzeihe. Und es tut mir leid, dir nicht zu verzeihen, wenn ich dir nicht verzeihe. Und es tut mir leid, dass es manchmal nicht reicht, wenn einem etwas leid tut, so wie es manchmal nicht reicht, sich zu lieben.«

Dann gehe ich ins Haus. Ich will das Gewehr wieder im Schrank verstauen. Ich würde gern nach dem Rehbock suchen. Es sollte nicht hell werden. Der runde Mond sollte bleiben und im Garten wohnen wie eine Katze. Jaume sollte bleiben und im Garten wohnen wie eine Katze. Wir könnten versuchen, alle die Dinge viele Male zu sagen. Die Tassen, todtraurig, stehen immer noch im Dunkeln auf dem Küchentisch, und die Hündin geht ins Zimmer, weil Schlafenszeit ist. Denn wir hatten beide geschlafen, als Jaume uns geweckt hat, und nun scheint diese Nacht kein Ende zu nehmen. Aber ich will nicht schlafengehen. Ich will nicht, dass Jaume geht. Wo es doch so viel zu sagen gibt.

Mit leeren Händen gehe ich wieder nach draußen und schließe die Haustür. Ich setze mich auf die zweite Eingangsstufe unter den offenen Himmel und unter die dunkle Nacht und unter den runden Mond. Mit einer Kopfbewegung winke ich Jaume, der noch beim Auto steht, zu mir. Er kommt, setzt sich neben mich, und unter dem Geruch nach Bier und Schweiß, den er verströmt, schlägt mir eine furchtbare Dunstwolke entgegen, so voller Erinnerungen ist sie. Ich will, dass wir den Rehbock suchen. Ich will, dass wir ihn morgen bei Tagesanbruch suchen, und dass wir ihn nicht finden. Dass er die ganze Nacht gerannt ist. Dass er jetzt rennt. Dass er sich versteckt und wir jahrelang nach ihm suchen müssen.

Ich halte Jaume die offene Handfläche hin, damit er seine riesige Hand auf meine legt. So sacht, dass sich unsere Fingerspitzen kaum berühren.

»Ich möchte, dass du mir alles erzählst«, sage ich. »Angefangen bei Hilari und dem Unfall, und danach alles andere und vom Gefängnis. Und was du jetzt machst. Und falls du es mir nicht erzählen willst, oder falls du es mir nicht erzählen kannst, dann möchte ich, dass du gehst.«

Er nickt.

»Danach will ich dir dann alles erzählen«, füge ich hinzu.

Alles in allen Einzelheiten. Und wenn wir damit fertig sind, werden wir sehen, wer wir sind.

»Ich habe die Metzgerei gekauft«, sage ich plötzlich, ich presche vor, es rutscht mir heraus. Und er ergreift meine ausgestreckte Hand, als wollte er sie umarmen mit seiner immensen Pranke.

»Ich dachte, ich käme her, und du würdest mich nicht sehen wollen«, sagt er. »Ich habe versucht, mir die Gesichter deiner Kinder vorzustellen, was mir aber nicht gelungen ist. Bist du gern hier draußen?«

Es gibt Worte, die man in Innenräumen nicht aussprechen kann.

»Wie kannst du mir die letzten fünfundzwanzig Jahre vergeben?«, fragt er unvermittelt.

Ich antworte nicht und sehe ihn nicht an, aber ich weiß, was er für ein Gesicht macht. Er macht ein bekümmertes Gesicht, ein resigniertes Gesicht, ein leidendes Gesicht, ein Gesicht wie ein nasser Hund, und ich werfe ihm aus dem Augenwinkel einen flüchtigen Blick zu, und er macht genau das Gesicht, das ich erwartet habe. Ich richte die Augen auf die Bäume vor dem Haus.

»Wie kannst du mir vergeben?«

Einige Vögel singen ihr Morgenlied, aber noch herrscht schwarze Nacht. Pssst, denke ich. Er schweigt und konzentriert sich auf die Dunkelheit ringsum, auf die Blätter und Äste, wie der Rachen eines Wolfs, wie der Rachen eines Hundes.

Und jetzt wird er ein paar Dinge sagen. Dinge, die man in einem Stück sagen kann, wie an einer Schnur. Dinge, an die er sich erinnert, die aufflammen wie Wunderkerzen, wenn es Zeit ist, sie zu sagen und du sie sagen kannst. Die man ausreißen muss wie Zwiebeln. Dinge, die man leise, und Dinge, die man langsam sagen muss. Die brennen. Dinge, die man sagen und dabei die Bäume ansehen muss, andere, die man sagen und dabei das Gras ansehen muss, und wieder andere, die man sagen und dabei unsere Hände ansehen muss, eine über der anderen, und dann mich. Ich werde zuhören. Anschließend werde ich ein paar Dinge sagen. Die ich sagen kann. Und dann wird es Tag werden. Zuerst grau, dann blau und dann gelb.

ANMERKUNG DER AUTORIN

Viele der in diesem Buch erwähnten Legenden habe ich erstmals in *Muntanyes maleïdes* – »*Verfluchte Berge*« – von Pep Coll gelesen.

Um »Der Name der Frauen« zu schreiben, habe ich in *Orígens i evolució de la cacera de bruixes a Catalunya (segles XV–XVI)* – »*Ursprünge und Entwicklung der Hexenjagd in Katalonien (XV.–XVI. Jahrhundert)*« – von Pau Castell Granados und in *Un judici de bruixes a la Catalunya del Barroc: l'Esquirol 1619–1621* – »*Ein Hexenprozess im Katalonien der Barock-Zeit: l'Esquirol 1619–1621*« – von Jaume Crosas gelesen.

Eva, die Figur des republikanischen Mädchens, ist inspiriert von dem Mädchen auf der Fotografie der Familie Gracia Bamala, die unter der Überschrift »Le cheminement douloureux« am 18. Februar 1939 in der französischen Zeitschrift *L'Illustration* zum ersten Mal veröffentlicht wurde. Sie erschien dort im Rahmen einer Reportage über das republikanische Exil mit dem Titel »La tragédie espagnole, sur la frontière des Pyrénées«, deren Autorenschaft nicht belegt ist. Außerdem habe ich für die Konstruktion dieser Figur und ihrer Geschichte aus der Schriftfassung des Dokumentarfilms *Ni perdono, ni oblido* – »*Ich vergebe nicht, ich vergesse nicht*« – von Joan Giralt Filella zitiert.

Und, zu guter Letzt, wäre das Kapitel »Der Bär« nicht, was es ist, hätte Joan-Lluís Lluís nicht *El dia de l'ós* – »*Der Tag des Bären*« – geschrieben. Und auch »Der Stoß« wäre nicht, was es ist, ohne die Erzählung »Fundación mítica de Islandia« für das Projekt *Notes on a Novel (That I Am Not Going to Write) or The Swimming Pool, or the Hair, the Herb and the Bread or the Tomato Plant* von Mikel Aboitiz.

DANKSAGUNG

Meinen unendlichen Dank an Oscar, Mutter und Vater, Marta Garolera, Lluís Calvo, Irene Jaular, Lluís Bassaganya, Pol Ordeig, Xavier Castellana, Alexandra Laudo, Jan Ferrarons und Mikel Aboitiz.

INHALT